REBECCA KING

# Aventurier et gentleman

W0323286

HARLEQUIN

COLLECTION HORIZON

*Cet ouvrage a été publié en langue anglaise*
*sous le titre :*
CAVE OF FIRE

*Traduction française de*
ÉDITH H.




83-85, boulevard Vincent-Auriol, 75013 Paris — Tél. : 45 82 22 77
ISBN 2-280-13576-0 — ISSN 0993-4456

# 1.

— Moi, à votre place, je la bouclerais à double tour dans sa chambre, un point, c'est tout.

— Au pain et à l'eau, bien entendu?

— Quelque chose comme ça, oui. En trois jours, elle vous mangerait dans la main, je vous le garantis.

Le vieil homme secoua la tête avec véhémence.

— Mon garçon, je crains que vous ne soyez un peu démodé. Les bons vieux jours sont terminés, hélas. En Angleterre, les jeunes femmes ne se laissent plus aussi facilement enfermer, même par leur cher vieux grand-père.

Ses yeux se posèrent sur la photographie qui trônait dans son cadre d'argent sur un vieux bureau à cylindre. Son interlocuteur suivit son regard.

— C'est elle?

— Oui... Je vous présente Dany, ma petite-fille. C'est une photo qui date de son dernier anniversaire. Elle fêtait ses vingt et un printemps.

— Hmmm...

S'emparant du cliché, le visiteur l'étudia d'un œil de professionnel. Pas fameux. Le genre photographie de studio, un peu trop conventionnelle. Et pourtant, nul doute que le modèle pouvait susciter l'inspiration : l'ovale du visage était quasi parfait, la bouche généreuse s'incurvait dans une ébauche de sourire, un rien énigmatique et, sous la frange d'épais cheveux blond vénitien, les yeux, immenses, vous regardaient bien en face. C'étaient des yeux d'une couleur étrange, presque dorée... ou plutôt, topaze. Oui, c'était bien ça, de cette espèce de jaune brillant comme une pierre précieuse. Et il y avait tout au fond de la prunelle une lueur de défi qui en disait long sur le caractère enflammé de la jeune femme.

Mais, malgré l'évidente originalité du sujet, le photographe s'était visiblement efforcé de rester dans les normes de la bienséance. Le cou mince sortait délicatement d'un ruché de dentelle blanche, et l'éclairage savamment agencé formait un halo lumineux autour du frais visage. La bouche elle-même avait l'expression songeuse et hésitante propre aux jeunes filles.

Mais il y avait cette lueur dans les yeux couleur de topaze...

— Alors, qu'en pensez-vous ?

L'homme reposa doucement la photo à sa place.

— Hmmm... Peu banale.

— Oui, elle s'est toujours débrouillée pour se faire remarquer. Jetez-moi un coup d'œil là-dessus.

Ouvrant l'un des tiroirs du bureau, le maître de maison fouilla dans un tas de vieux papiers. Il exhiba finalement une grande photo de groupe, un peu jaunie.

— Ça, c'est une photo de classe. Voyons un peu si vous la reconnaîtrez.

L'homme scruta d'un regard aigu les rangées de gamines au visage rond au-dessus du col blanc de rigueur, les bras sagement croisés sur leur blouse bleu marine.

— La voilà !

Un long doigt mince et bronzé tapota un visage épanoui, au même petit sourire énigmatique, aux grands yeux braqués sur l'objectif avec un air de provocation amusée.

— Bravo ! Il faut dire que c'était assez facile. A l'époque, Dany avait encore ses sourcils.

— Ses sourcils ? Voulez-vous dire qu'elle ne les a pas toujours eus ?

— Non, pendant plusieurs mois, elle a bien dû s'en passer. Elle avait organisé un barbecue pour son groupe de scouts, et elle n'a rien trouvé de mieux que d'utiliser de l'essence pour allumer le feu... La salle des fêtes a bien failli complètement brûler ! Mais Dany a pris elle-même les choses en main. C'est elle qui a appelé les pompiers et elle a commencé à combattre l'incendie en les attendant.

Son interlocuteur leva les yeux au ciel.

— Et c'est cette pauvre enfant sans défense dont vous voulez que j'assure la protection ? Pardonnez-moi, mais il me semble plutôt que ce sont les gens qui la rencontrent qui ont besoin d'aide !

S'emparant de son verre, l'homme quitta son confortable fauteuil Chesterfield pour se poster devant la fenêtre. Il contempla un long moment les pelouses plantées de rhododendrons en fleur et d'azalées. Puis son regard erra sur les lignes douces des collines des Cotswold qui fermaient l'horizon de ce paisible paysage. Tout ici était si typiquement anglais ! Et si différent du cadre dans lequel il avait rencontré la première fois son hôte qui, il le savait, l'observait en ce moment même d'un œil anxieux.

L'homme baissa les yeux sur le liquide mordoré qui tanguait lentement dans son verre, puis son regard rencontra sur le mur une autre photo, en noir et blanc celle-là. Il se rappelait exactement le jour où il l'avait prise, le jour de leur rencontre dans cette forêt du bout du monde, la forêt tropicale de Tierranueva : la « forêt des pluies », comme on l'appelait là-bas. Tom Trent, le grand-père de Dany, s'était permis une échappée belle, pour rompre un peu la monotonie de son poste d'attaché culturel à l'ambassade britannique de Santa-Clara. Quant à lui, il était envoyé par le *National Geographic* pour prendre des photos. Tom Trent l'avait guidé jusqu'aux ruines d'un magnifique temple précolombien et il se souvenait d'avoir insisté pour attendre pendant des heures l'éclairage idéal.

Tout ça paraissait si loin, maintenant...

Il se retourna lentement vers son hôte, dont le regard épiait chacun de ses mouvements.

— Alors ? interrogea celui-ci.

— Non, Tom, je suis désolé, mais je n'ai jamais été très doué pour le baby-sitting.

— Vous pourriez considérer ça comme des vacances !

— Des vacances ? En tête à tête avec votre charmant petit paquet de dynamite ?

— Mais vous m'avez dit que vous n'aviez pas pris de congé depuis une éternité. Maintenant que votre agence de presse est lancée, je pensais que peut-être...

— J'ai travaillé dur, c'est vrai. Et même si l'impulsion est donnée, il vaut mieux que je reste pour consolider les acquis.

— Ça a tout l'air de bien marcher, en effet, commenta son interlocuteur en balayant d'un regard chargé d'humour le costume signé d'un grand couturier italien et la Rollex en or que son visiteur arborait au poignet. Mais quand on connaît la vie que vous avez menée, mon vieux...

L'homme rit.

— Je sais ce que vous pensez : si je me range, je suis un homme fini, et *tutti quanti*. Désolé, Tom, mais vous perdez votre temps.

— Dommage ! Je ne vous croyais pas capable de refuser un défi.

L'homme fourragea nerveusement dans son épaisse chevelure brune.

— Oh! Laissez tomber ce genre de rengaine, Tom! Vous savez très bien que les grands sentiments, ça ne marche pas avec moi.

Son hôte le regarda des pieds à la tête, s'attardant sur le visage bien construit aux méplats tannés par le soleil, comme s'il voulait jauger la force de ce corps long et athlétique, aussi souple que celui d'un jaguar et, à l'heure du danger, tout aussi imprévisible. « Toi, mon garçon, celui qui te fera marcher n'est pas encore né! »

Mais il se contenta d'énoncer d'une voix calme :

— Permettez-moi au moins de vous exposer mon plan.

Le visiteur se laissa tomber sur un sofa avec un petit haussement d'épaules.

— Bon... Vous avez cinq minutes!

Tom Trent laissa échapper un long soupir.

— Ça ne va pas être facile. Danièle, Dany, comme on l'appelle, est fille unique. Sa mère est morte alors qu'elle n'avait pas trois ans et Philippe, mon fils, quelques années plus tard, dans un accident de voiture. J'ai pris une retraite anticipée pour pouvoir me consacrer entièrement à son éducation, mais il m'arrive souvent de me demander si je m'y suis bien pris. C'est mon unique petite-fille, et j'ai bien peur de l'avoir un peu trop gâtée.

— Vous voulez dire que c'est une de ces sales gamines qui n'en font qu'à leur tête?

— Non, tout de même pas. Disons simplement qu'elle est d'un naturel assez... impétueux et qu'elle a le don de se mettre dans les pires situations. Mais elle a un cœur d'or, ajouta le vieil homme avec une petite moue attendrie. Quand elle a reçu son premier salaire, je l'ai retrouvée à la fin du mois en train de manger un plat de nouilles dans son petit studio londonien. Elle avait donné tout ce qu'elle avait gagné à un prétendu peintre dont la pauvre femme, très malade, devait aller se faire soigner en Suisse!

Ça cadrait assez avec la photo, songea l'homme en considérant de nouveau la bouche généreuse, le regard volontaire... Oui, c'était bien ça : Dany ne se laissait certes pas marcher sur les pieds, mais elle ne connaissait rien des choses de la vie.

— Mais à présent qu'elle est fiancée, reprit Tom Trent, elle va certainement s'assagir.

Le visiteur reposa brusquement son verre de bourbon sur la table de marqueterie.

— Fiancée? Qui est l'heureux élu?

— Marcus Clifford, un professeur d'histoire médiévale au Balliol College de l'université d'Oxford. En fait, c'est un vieil ami de la famille, il connaît Dany depuis son enfance. J'ai été très surpris quand ils m'ont annoncé leurs fiançailles, mais finalement, c'est ce qui pouvait arriver de mieux à la petite : elle a besoin d'une vie stable et confortable.

Pauvre gamine. A l'idée de la prison étouffante où elle allait s'enfermer pour la vie, le visiteur éprouva un inhabituel sentiment de compassion.

— Alors? interrogea-t-il d'une voix brusque, où est le problème?

Tom Trent étala sur le bureau des photos représentant des poteries, des bols, des vases et des animaux aux formes bizarres. Il y avait aussi des bijoux d'or et de jade.

— C'est très simple. Il y a quelques jours, Dany a fait irruption dans cette pièce alors que j'examinais ces clichés... Ce sont des objets mayas, probablement en provenance de Tierranueva. Ils ont été saisis par la douane à Miami et, d'après les spécialistes, ce n'est que la partie visible de l'iceberg.

— Voulez-vous dire que ce maudit trafic existe toujours?

Le regard de Tom Trent erra un instant sur la vitrine Sheraton qui contenait des rangées de poteries, certaines cassées, d'autres amoureusement restaurées. Sur l'étagère centrale trônaient quelques figurines de jade.

— C'est même de mal en pis, expliqua-t-il d'un air sombre.

Puis, interceptant le coup d'œil inquiet de son interlocuteur, il ajouta avec un sourire :

— Mais rassurez-vous, je me suis procuré celles-ci d'une manière parfaitement légale. Pourtant il y en a trop qui disparaissent dans des mains pas toujours très propres et qui sont revendues à prix d'or par l'intermédiaire de réseaux internationaux parfaitement organisés. Bref, j'ai parlé à Dany de tout ça, et quelques jours plus tard elle m'annonçait bille en tête qu'elle partait pour Tierranueva, où se trouve probablement le quartier général des trafiquants.

— Bon sang! Cette petite sotte n'a tout de même pas l'intention de fourrer son nez dans ce nid de vipères!

Tom hocha la tête d'un air incertain.

— Avec elle, il faut s'attendre à tout. A l'entendre, je lui ai toujours parlé de Tierranueva avec un tel enthousiasme qu'elle mourait d'envie d'y aller.

L'homme fronça les sourcils.

— Et son fiancé? Est-ce qu'il l'accompagne?

— Non. Il assure des cours et le deuxième semestre n'est pas encore terminé.

— Dans ce cas, pourquoi n'essaie-t-il pas de dissuader votre petite-fille d'entreprendre pareille aventure?

— La dissuader? répéta Tom avec un sourire ironique.

— Hmm... Je vois. Et c'est là que je suis supposé intervenir. Et comment Dany a-t-elle l'intention de se rendre à Tierranueva? Ne me dites pas qu'elle s'est inscrite pour un voyage organisé?

Tom Trent eut une petite toux gênée.

— Eh bien, si, justement.

— Oh non! Mais enfin, Tom, vous savez parfaitement que j'ai toujours détesté ce genre de cirque. Quand je voyage, c'est tout seul!

— Je sais.

— Mais alors, pourquoi moi? Pour l'amour du ciel, pourquoi?

— Premièrement, expliqua son hôte d'un ton placide, Dany ne vous a jamais rencontré. Deuxièmement, vous connaissez l'Amérique du Sud sur le bout des doigts. Troisièmement, en cas de crise, vous êtes le seul homme sur qui je puisse compter de manière infaillible.

— C'est ça, continuez! Une bonne dose de flatterie et hop! Emballez!

— Remarquez, se hâta d'ajouter Tom sans relever l'interruption, il ne devrait pas y avoir de problèmes. Je connais le circuit que leur proposent les organisateurs : on les promène dans des hôtels de luxe et sur des bateaux ultramodernes, on leur montre quelques villages d'autochtones et ils reviennent chez eux persuadés d'avoir vécu une grande aventure. Honnêtement, je ne vois pas ce que risque Dany.

En dépit de ces paroles, le visiteur crut saisir une fugitive mais sincère expression d'inquiétude dans le regard du vieil homme. C'était même plus que de l'inquiétude : c'était de la peur.

Bon sang, tout ce qu'il souhaitait, quant à lui, c'était que la vie le préserve de ces attachements émotionnels.

— Sincèrement, Tom, j'apprécie l'estime que vous me portez. Mais je suis désolé...

Irrésistiblement, son regard, comme attiré par un aimant, se posa de nouveau sur le portrait posé sur le bureau. Ces lèvres frémissantes, ce sourire à peine esquissé, ce beau regard doré...

Il se passa rageusement la main dans les cheveux.

— Et c'est pour quand, ce voyage ?

Tom s'éclaircit la gorge.

— Eh bien... en fait, je crois que le départ a lieu jeudi.

— Jeudi ! Mais c'est dans deux jours ! Il est trop tard pour m'inscrire, de toute façon.

— Il se trouve, reprit son interlocuteur d'une voix très douce, que je connais le P.-D.G. de la société. Je pourrai sans aucun problème obtenir une place pour vous.

— Je vois. Vous avez pensé à tout... Quelque chose me dit que je le regretterai, mais d'accord, j'accepte.

Les yeux bleus du vieil homme irradièrent une joie intense.

— Magnifique ! Je savais que vous ne me laisseriez pas tomber.

L'homme leva une main en signe de protestation.

— Trêve de politesses, dit-il en se levant, après un bref coup d'œil à sa montre. Pour moi, le plus dur est à venir : il va falloir que je prévienne Mandy !

— Mandy ?

— Une amie à moi, pas très commode. A l'heure où je vous parle, elle croit encore que nous allons passer une semaine à Cannes, pour le Festival.

Trent se leva aussi. Il avait beau mesurer plus d'un mètre quatre-vingts, son visiteur le dépassait d'une bonne tête.

— Tenez-moi au courant des derniers préparatifs, Tom. Et ne vous inquiétez pas, Dany est en de bonnes mains.

L'homme atteignait la porte quand son hôte l'arrêta net. Soudain, son visage était méfiant.

— Au fait, j'ai oublié de vous dire quelque chose... à

propos de Dany. Vous savez... c'est quelqu'un de... de très vulnérable. Je veux dire, du point de vue affectif...

Son interlocuteur soutint fermement son regard.

— Et comme vous m'avez toujours pris pour un incurable Casanova, vous craignez que j'oublie son petit fiancé...

— Hmm... quelque chose comme ça, oui.

Le jeune homme fixa un long moment les yeux de topaze qui le défiaient.

— Ne vous inquiétez pas, Tom. Je vous ramènerai votre petite-fille saine et sauve.

Curieusement, il avait l'impression que le sourire s'était accentué sur la photographie.

# 2.

Dany reboucha son tube de rouge à lèvres d'une main ferme et s'observa attentivement dans son petit miroir de poche. Inutile de refaire son maquillage, son front et ses pommettes étaient déjà luisants de sueur.

Elle épongea sa peau moite avec un mouchoir en papier. Il régnait une chaleur de sauna, dense et suffocante, qui lui donnait l'impression d'être sale et collante alors qu'elle venait à peine de prendre une douche.

D'un geste impatient, la jeune femme passa une main dans ses cheveux, en se félicitant d'avoir eu la bonne idée de les couper avant le voyage. Du reste, Marcus lui avait dit qu'il la préférait ainsi.

Marcus... Elle considéra avec un petit sourire nostalgique la bague de fiançailles qui ornait son annulaire, un joli bijou à l'ancienne orné de perles qu'ils avaient choisi ensemble par un beau matin de printemps, à Oxford. Si seulement il était ici, avec elle ! La plupart des autres membres du groupe étaient en couples et, depuis qu'ils avaient quitté Santa Clara, Dany regrettait chaque heure un peu plus sa malheureuse initiative.

Quelle idée d'avoir cru qu'elle pourrait venir à bout toute seule d'un réseau de contrebande ! Elle avait sans doute trop lu de romans policiers. Heureusement que son grand-père ne se doutait de rien ! Il aurait sinon insisté pour venir avec elle.

Des bruits de voix montaient de la véranda qui faisait tout le tour de l'hôtel. Laissant tomber la serviette blanche qui la recouvrait, Dany s'examina avec complaisance dans la glace. Sa nudité de jeune femme épanouie s'exaltait avec un bonheur particulier dans cette atmosphère tropicale, lourde de parfums épicés, riche en jeux d'ombre et de lumière.

— Dany ! Que faites-vous ? Nous vous attendons pour l'apéritif.

C'était la voix de Mme Robin, une petite bonne femme toute ronde qui venait du Wisconsin et qui avait voulu voir, au moins une fois dans sa vie, de vrais « sauvages ».

— J'arrive ! répondit la jeune femme en s'habillant à la hâte.

Dès qu'elle fit son apparition sous la véranda, quelques minutes plus tard, Mme Robin lui fit signe de venir s'asseoir à côté d'elle en tapotant le coussin du fauteuil voisin.

— Alors, mon petit cœur, qu'est-ce que vous allez prendre ?

— Un jus de citron, s'il vous plaît.

Le serveur, un Amérindien, comme tout le personnel de l'hôtel, revint presque immédiatement avec un grand verre embué de givre. Dany le but d'un trait avec un grand soupir de satisfaction.

— Ouf ! Ça fait du bien.

— Il fait chaud, n'est-ce pas ? remarqua Mme Robin en s'éventant avec un prospectus ramassé sur la table. Et Jerry dit que ce sera encore pire quand nous serons dans la jungle.

— On m'appelle ? J'accours !

En reconnaissant l'agréable accent de la Nouvelle-

Angleterre qui caractérisait Jerry, leur accompagnateur, les douze membres du groupe émirent un chorus de bienvenue. Un verre de whisky à la main, un grand diable roux enjamba les fauteuils et les tables de bambou et se laissa tomber sur un siège à côté de Dany.

Le soir de leur arrivée à Santa Clara, en s'apercevant que Jerry et elle étaient les deux plus jeunes du groupe, Dany avait craint qu'il ne vienne à l'esprit du jeune homme l'idée saugrenue d'entamer une romance. Mais depuis deux jours, il jouait à la perfection son rôle d'accompagnateur efficace et attentif, et ne lui avait jamais accordé plus d'attention qu'aux autres participants.

Malgré tout, comme elle lui adressait un sourire de bienvenue, Dany intercepta le coup d'œil lourd de sous-entendus qu'échangèrent Mme Robin et Mme Schofield, une autre quinquagénaire replète, de Calgary, cette fois. Et, bêtement, Dany rougit jusqu'à la racine des cheveux. Puis son regard rencontra soudain celui de M. James, légèrement narquois au-dessus des lunettes de soleil qu'il ne quittait jamais et, virant à l'écarlate, la jeune femme recula précipitamment son fauteuil pour trouver refuge à l'ombre d'un énorme pot d'hibiscus.

Le nez plongé dans son verre presque vide, elle passa en revue ses compagnons de voyage. Il y avait cinq couples, tous ayant peu ou prou dépassé la cinquantaine ; les uns venaient des Etats-Unis, les autres de Suède, d'Allemagne ou du Canada. Les trois autres voyageurs étaient célibataires : un très vieux monsieur mexicain, qui ne cachait pas ses quatre-vingts ans, elle-même et M. James, naturellement.

Dany décocha un nouveau coup d'œil à ce dernier et constata que, comme d'habitude, il prenait des notes sur un minuscule carnet noir. Il avait expliqué une fois pour toutes, à la cantonade, qu'il rédigeait un livre sur les populations primitives de cette région du continent sud-américain. Elle le vit relever d'un doigt impatient ses lunettes noires, qui glissaient sur son nez, puis il se remit à écrire.

— Vous semblez très occupé, Nicholas, remarqua Mme Robin en se penchant sur l'épaule de M. James.

Il leva la tête avec un sourire poli.

— Oui. Ce ne sont que des notes de travail, mais c'est toujours la préparation qui nécessite le plus de temps dans un livre.

— A propos, intervint Dany, il me semble bien me rappeler vous avoir vu un jour au journal télévisé de midi, pour la promotion de votre dernier ouvrage !

— Ça m'étonnerait, mademoiselle Trent. Le genre de livre que j'écris ne reçoit guère les faveurs des médias !

Ayant énoncé ces mots d'un ton catégorique, M. James retourna à ses notes.

Dany serra les lèvres. Elle ne savait pas ce qu'elle lui avait fait, mais depuis le début du voyage, ce monsieur semblait lui réserver la primeur de ses répliques acides. Bah, qu'il aille au diable !

— Alors, reprit la jeune femme à l'intention de Jerry, c'est bien décidé, nous allons passer deux nuits de bivouac ? A l'idée de voir enfin ces fameux temples, je ne tiens plus en place.

— Oui, c'est prévu, en effet, sauf contretemps. Car la direction peut très bien m'interdire au dernier moment de conduire cette petite expédition, expliqua Jerry en fourrageant dans son épaisse chevelure rousse. J'ai remplacé au pied levé le type qui encadre d'habitude ce circuit et ils auront peut-être peur que j'égare mes ouailles dans la jungle.

— Mais vous vous débrouillez très bien, protesta aussitôt l'une des femmes.

Dany réprima un sourire moqueur tandis que

Mme Schofield tapotait la large cuisse de Jerry de sa petite main potelée.

— Vous n'avez encore perdu personne, ajouta-t-elle en battant des cils.

Le visage de Jerry s'empourpra.

— Merci. Mais n'anticipons pas, mesdames et messieurs. Cette jungle est particulièrement dense et inhospitalière. Tout peut arriver.

— Pas « jungle ». « Forêt ».

Le rire des voyageurs fut coupé net par la voix pédante de M. James.

— Je vous demande pardon ? s'enquit Jerry poliment.

— En Amérique centrale et en Amérique du Sud, on dit « forêt ». Si c'est la jungle que vous voulez traverser, je crains que vous ne deviez pousser jusqu'au continent indien.

— Qu'est-ce que je vous disais, les amis ! Je ne connais rien à rien, moi, ici. Merci, Nicholas, à l'avenir, je tâcherai de me souvenir de cette précision.

Bien joué, Jerry ! Dany lui décocha un sourire rayonnant. Naturellement, une partie de la tâche de leur accompagnateur consistait justement à arrondir les angles avec les clients difficiles. Mais tenir tête à un phénomène tel que M. James était particulièrement méritoire.

Le regard de la jeune femme parcourut la véranda, puis glissa sur les bosquets de bougainvillées aux fleurs pourpres qui émaillaient la pelouse, pour s'arrêter enfin sur les lumières de la petite ville, de l'autre côté du fleuve. Et soudain, elle ne put réprimer un frisson. Derrière ces lumières, au-delà des pelouses soigneusement tondues et des corbeilles d'hibiscus et de lis dont la luxuriance tropicale était soigneusement jugulée, des ténèbres vertes régnaient, insondables et bruissant d'une vie mystérieuse.

Tout à ses songes, Dany ne vit pas la silhouette du maître d'hôtel se dessiner dans l'encadrement de la baie vitrée. Ce fut la voix de Jerry, annonçant le dîner, qui la ramena sur terre.

— Permettez-moi de vous rappeler qu'un groupe folklorique nous rendra visite à 10 heures, disait-il. Rendez-vous au bar tout de suite après le repas !

Dany se détendit. Son imagination s'était un instant égarée, mais le spectacle de la salle à manger, avec ses nappes blanches et ses bougies roses, était parfaitement rassurant par sa banalité tout occidentale. Dans ces voyages de luxe, le moindre détail était prévu pour que les voyageurs se sentent parfaitement en sécurité au cœur même de la nature la plus sauvage.

En regardant autour d'elle, elle s'aperçut qu'elle se trouvait seule avec M. James. Il était toujours penché sur son carnet et un bref sentiment d'irritation envahit Dany. Il n'était probablement pas plus âgé que Jerry et pourtant, quel contraste ! Nicholas James était l'image même de l'intellectuel, parfaitement infaillible, parfaitement sûr de lui et terriblement ennuyeux. Tout dans sa personne suscitait l'antipathie, depuis son costume de lin beige immaculé jusqu'à ses cheveux noirs soigneusement séparés par une raie au milieu.

Soudain, la jeune femme eut l'irrésistible impulsion de faire éclater cette enveloppe trop parfaite. Elle se pencha sur l'épaule du jeune homme, le frôlant de son bras nu.

— On dirait que nous sommes deux laissés-pour-compte, monsieur James. Dînerons-nous ensemble ?

Il leva les yeux, et Dany sourit. Ce sourire, accompagné d'une lueur provocante qui illuminait ses grands yeux topaze, était d'ordinaire irrésistible.

Mais apparemment, Nicholas James était immunisé contre le sourire des femmes.

— Merci, mademoiselle Trent, mais je préfère dîner seul.

Il agita vaguement son carnet, comme si c'était une explication suffisante, puis, se levant nonchalamment, quitta la véranda.

C'était une fin de non-recevoir particulièrement brutale. Dany fusilla le dos de son interlocuteur d'un regard furibond, puis, son sens de l'humour refaisant surface, sourit pour elle-même. Elle avait dû user un peu trop largement de son produit antimoustique. Un insecte aussi desséché et susceptible que M. James y était probablement sensible. Souriant toujours, elle gagna à son tour la salle à manger.

Mme Schofield, arborant fièrement un pantalon de safari en coton beige, reposa sa tasse de café et se leva d'un air décidé.

— Je ne sais pas ce que vous en pensez, vous autres, mais j'irais bien faire une petite sieste. Encore merci, Jerry, nous avons vraiment passé deux jours merveilleux. Maintenant, je pourrai dire que je sais ce que c'est que vivre au cœur de la jungle.

Jerry quitta à regret son rocking-chair.

— Content que vous ayez apprécié. Et maintenant, puis-je suggérer que nous imitions tous Mme Schofield? N'oubliez pas que nous levons le camp à 5 heures pour arriver à Fermina à l'heure du dîner. Et la route est longue sur les pistes.

Dany le regarda guider doucement mais sûrement son petit troupeau vers l'intérieur de l'hôtel. Quand tous furent rentrés, le jeune homme se tourna vers elle et lui demanda à brûle-pourpoint :

— Alors, Dany, cette petite excursion vous a plu?

— Oui, beaucoup.

Il fit une pause puis reprit :

— Nous pourrions peut-être prendre un verre ensemble, ce soir ?

Devant son air solennel, Dany réprima une forte envie de rire.

— Si vous voulez.

De retour dans la chambre de leur petit hôtel de brousse, elle alla devant la fenêtre et contempla les vertes frondaisons à travers les volets mi-clos. Elle ne pouvait maîtriser un désagréable sentiment de frustration. Oui, bien sûr, le reste du groupe avait apprécié leur petite expédition en jeep à travers la jungle — Oh, pardon, monsieur James ! — de la forêt sud-américaine. Mais la moindre de leurs escapades à pied était étroitement surveillée par Jerry et un couple d'Indiens aux yeux méfiants. Aussi la jeune femme avait-elle l'impression que cette région d'Amérique du Sud lui était toujours étrangère.

On aurait dit que tout le site, la cité inca en ruine, le petit hôtel pour touristes et la forêt elle-même étaient soigneusement désinfectés après chaque passage d'une cargaison de visiteurs, puis préservés sous Cellophane pour le groupe suivant.

Et dire qu'il fallait déjà repartir !

Mais il restait encore trois bonnes heures. Et si elle se glissait dehors pour jeter un coup d'œil à ces ruines qu'elle avait aperçues la veille, du haut du temple inca ? Jerry leur avait dit qu'il n'y avait rien d'intéressant à voir par là, parce que ce site n'avait pas encore été exploré. Par ailleurs, les touristes n'étaient pas autorisés à se déplacer seuls. Mais après tout, personne n'était obligé de savoir...

Dany descendit l'escalier sur la pointe des pieds et, sans rencontrer âme qui vive, se glissa furtivement par la porte de service. De là, il n'y avait que quelques dizaines de mètres à parcourir pour gagner l'abri des arbres. Lorsqu'elle se fut enfoncée dans l'abondante végétation tropicale, Dany jeta un coup d'œil derrière elle. Pas de Jerry en vue! Et, avec son short et sa chemise vert kaki, son bob noir fermement enfoncé sur sa chevelure, elle était quasiment invisible. Respirant un grand coup, la jeune femme serra contre elle son appareil photo et plongea hardiment au sein des fougères géantes.

Une heure plus tard, elle était appuyée contre un cotonnier, essuyant la sueur qui ruisselait sur son front d'un revers de main. Sa chemise collait sur son dos trempé et des gouttes de transpiration glissaient lentement sur ses reins. Mais elle l'avait fait! Elle n'était pas arrivée jusqu'aux ruines, mais au moins, maintenant, elle savait ce qu'était une forêt équatoriale.

Au-dessus d'elle, une famille de perroquets à la triomphale parure jaune d'or et bleu cobalt se querellait dans les branches, des fourmis rouges grimpaient en une longue procession le long d'un palétuvier et, sur sa route, elle avait dû reculer, épouvantée, devant le long ruban vert d'une liane qu'elle avait prise pour un serpent.

Mais il était peut-être temps de faire demi-tour si elle ne voulait pas que Jerry envoie une patrouille à sa recherche.

Soudain, Dany s'immobilisa, aux aguets. Voilà que ça recommençait. Le même bruit que tout à l'heure, un bourdonnement bizarre qui n'avait rien à voir avec le remue-ménage de la forêt. Après une brève hésitation, elle reprit son chemin en direction du bruit. Au bout d'une dizaine de mètres, en écartant un rideau de lianes, elle s'arrêta net.

Juste devant elle, une clairière avait été aménagée, formant un cercle autour d'énormes amas de pierres grises. Au centre se dressait un gigantesque édifice de pierre couvert de lianes, et des dizaines d'hommes grouillaient à son sommet comme des insectes. C'étaient tous des Indiens, sauf un homme blanc qui donnait des ordres brefs en s'agitant.

Le cœur de Dany se mit à battre la chamade. Et si c'était là la source du trafic de trésors incas? Il était difficile de croire qu'il puisse s'agir d'une fouille archéologique. Dany était suffisamment bien placée pour savoir, grâce à son grand-père, que les fouilles officielles obéissaient à un protocole extrêmement rigoureux et méthodique. Or ce monument était littéralement mis à sac par des charognards qui s'acharnaient sur lui comme des vautours sur leur proie.

Prise d'une excitation fébrile, Dany arma son appareil photo et prit cliché après cliché. Puis elle quitta sa cachette pour faire le tour de la clairière afin de trouver d'autres angles de vue. Ecartant une branche, elle s'accroupit et se trouva nez à nez avec un jeune Indien qui la dévisageait, les yeux écarquillés de surprise.

Au même instant, un bras dur comme un filin d'acier s'enroula autour de sa taille. Comme elle ouvrait la bouche pour hurler, une autre main se plaqua sur ses lèvres et, un dixième de seconde plus tard, elle sentit qu'on la tirait en arrière tandis qu'un corps s'abattait lourdement sur elle.

Dany et l'homme — il lui était impossible de voir son agresseur, mais ce ne pouvait être qu'un homme — roulèrent dans un enchevêtrement de bras et de jambes jusque dans le lit desséché d'un cours d'eau. Roulant sur elle, l'inconnu la maintint plaquée au sol d'une poigne de fer. La jeune femme sentait tous les muscles d'un corps souple et vigoureux, prêt à bondir comme un jaguar.

Elle essaya de bouger, protesta qu'elle étouffait, mais pour toute réponse, l'étreinte se resserra et une voix siffla à son oreille :

— Bouclez-la, petite idiote !

Un bruit de course leur parvint au travers des fourrés, ponctué de cris gutturaux.

Lorsque le bruit s'éloigna enfin, Dany ne pouvait plus respirer et des étoiles rouges commençaient à danser devant ses yeux. La poigne de l'homme se relâcha et elle put se libérer de son contact. Encore étourdie, le cœur sur le point d'exploser, Dany plongea son regard dans d'incroyables yeux verts à l'expression glaciale. Elle n'avait jamais vu de tels yeux, et pourtant, le visage qui les accompagnait lui était étrangement familier.

Dany secoua la tête, essayant vainement de s'éclaircir les idées. Puis l'homme se remit lentement sur ses pieds et elle articula, sidérée :

— Mon... monsieur James ?

# 3.

— Je vous ai dit de la boucler !

C'était bien M. James. Mais l'accent d'intellectuel un peu snob avait disparu, ainsi que les lunettes noires et la coiffure gominée. La métamorphose était telle que Dany en croyait à peine ses yeux.

Au lieu de l'individu un peu falot, aux épaules tombantes, toujours discrètement penché sur son carnet noir, elle avait maintenant en face d'elle un superbe spécimen de la gent masculine, dont l'épaisse chevelure noire ébouriffée, la mâchoire décidée et les lèvres au dessin ferme disaient le tempérament hardi. Il la dominait de deux bonnes têtes et ses longues jambes, ses hanches étroites et sa carrure de footballeur américain auraient fait le bonheur de n'importe quel aventurier des temps modernes.

Dany détaillait sans vergogne le polo noir, largement ouvert sur un torse bronzé, les cuisses moulées dans un jean et les boots de cuir brun, probablement taillées sur mesure par un chausseur italien.

Elle avala péniblement sa salive.

— Que… que diable faites-vous ici, monsieur James ?

— A votre avis ? rétorqua-t-il d'un ton âpre.

Les yeux élargis de stupeur, Dany continua à bégayer :

— Je... je ne sais pas. Vous me suiviez?

— Ah, non, mon cœur! J'étais là le premier.

— Mais... m-mais je ne vous ai pas vu!

Dany se sentait de plus en plus lamentable. Le nouveau M. James paraissait infiniment plus difficile à manier que l'ancien.

— Encore heureux! Et remerciez votre ange gardien, ma petite, parce que sans moi, vous n'auriez certainement pas eu l'occasion de revoir la verte Angleterre.

Dany réprima difficilement un violent tremblement.

— Oh! Vous exagérez.

— Vraiment? Dites-vous bien que vous avez eu de la chance de n'avoir rencontré qu'un gamin. Ils ont dû conclure qu'il avait eu des visions; et c'est pour ça qu'ils ont abandonné les recherches. Sinon, je n'aurais pas donné cher de votre peau. Allez! Debout!

Dany essaya de se redresser mais ses jambes tremblaient si fort qu'elle retomba lourdement sur son séant. L'homme la saisit sous les aisselles avec un juron exaspéré et la mit sans cérémonie sur ses pieds. Dany s'abandonna un instant contre le torse vigoureux, son front en sueur contre le polo noir. Elle sentait les lentes pulsations du cœur de M. James et, curieusement, en retirait une étonnante sensation de sécurité.

Soudain, il la repoussa brusquement.

— Partons d'ici. En vitesse!

L'agrippant fermement par le bras, il entraîna la jeune femme derrière lui à une vitesse qui la laissa bientôt à bout de souffle. Elle trébucha une fois contre une racine, et il la remit brutalement sur ses jambes, insensible à son cri de douleur. Le reste du trajet s'effectua dans le silence le plus complet, si ce n'est la respiration haletante de Dany qui, dégoûtée, constata que le beau M. James n'était pas plus fatigué que s'il eût fait une petite promenade de santé.

A la lisière de la forêt, il s'arrêta enfin et secoua rudement sa compagne par le bras.

— Faites bien attention à ce que je vais vous dire, mademoiselle Trent. A partir de maintenant, vous remontez dans votre chambre, vous faites vos bagages et vous ne bougez plus jusqu'à ce qu'on vous appelle pour le départ. C'est compris ?

— Oui, oui. Inutile de me casser le bras !

Il la relâcha et la jeune femme se massa lentement le poignet. Deux meurtrissures rouges marquaient la peau délicate.

— Ce n'est rien à côté de la correction que vous mériteriez, remarqua son interlocuteur avec une curieuse petite grimace.

— Mais... ne devrions-nous pas faire quelque chose à propos de ce que nous avons vu ?

— Vous, vous ne ferez rien. Rien du tout !

Surprise par l'autorité de sa voix, Dany dévisagea l'étonnant M. James.

— Mais enfin, qui êtes-vous ?

— N'avons-nous pas été présentés ? Je suis Nicholas James, évidemment.

L'homme extirpa ses lunettes noires de la poche de son jean et les ajusta sur son nez. Puis il se passa les mains dans les cheveux pour essayer de les discipliner. Dany avait de nouveau devant elle l'intellectuel distant et froid qu'elle connaissait.

— Oui, je connais votre nom. Mais qui êtes-vous, réellement ?

— Un ami, comme on dit dans les bons romans policiers. Rentrez, maintenant ! Et souvenez-vous de ce que je vous ai dit.

Oui, monsieur, bien monsieur, tout de suite, monsieur ! Dany, les jambes encore flageolantes, tourna les talons avec un haussement d'épaules qui se voulait insolent.

Une minute plus tard, elle fermait la porte de sa chambre à double tour avec un soupir de soulagement. Elle passa le quart d'heure qui suivit effondrée sur son lit, le regard fixé au plafond et l'esprit traversé de douloureuses interrogations. Nicholas James lui avait-il vraiment sauvé la vie ? Dans l'affirmative, elle devrait se montrer reconnaissante. Mais avec ce genre d'individu, la tâche ne serait guère facile.

Comment n'avait-elle pas su deviner, sous la façade policée du petit universitaire griffonnant d'interminables notes, l'aventurier qu'il était ? Car à n'en pas douter, M. James faisait partie de cette race d'hommes qui n'ont peur de rien et à qui les autres obéissent, de gré ou de force.

Oui, mais qui était-il réellement ? Il avait dit, avec ce détestable sourire ironique, qu'il était un ami. Mais pouvait-elle lui faire réellement confiance ? Il n'avait rien d'un homme sur qui on pouvait compter. Et il ne semblait guère pressé d'intervenir pour mettre un terme à ce trafic qu'elle avait découvert.

Avait-il réellement compris de quoi il s'agissait ? Et s'il avait monté toute cette comédie, en feignant de lui sauver la vie et en la raccompagnant jusqu'à l'hôtel, pour détourner son attention du pillage qui était en train de s'effectuer sur le site ?

Impossible, décida soudain la jeune femme en se remettant debout d'un mouvement résolu. Elle ne pouvait pas faire ses bagages et s'en aller comme si rien ne s'était passé. Il fallait donner l'alerte.

Dix minutes plus tard, elle regagnait sa chambre, la conscience tranquille. Elle avait bien fait de tout dire à Jerry. C'était même la seule solution. Il avait d'abord semblé contrarié d'apprendre qu'un membre du groupe avait enfreint les consignes. Mais il avait très vite félicité la jeune femme de sa présence d'esprit et l'avait rassurée : désormais, il allait prendre l'affaire en main.

Sa chambre était noire comme un puits sans fond à côté de la luminosité du dehors. Dany tâtonna pour trouver l'interrupteur et poussa un cri d'effroi. Sa main avait rencontré un bras nu ! Une main brutale se posa sur sa bouche. Elle aurait reconnu cette main dure, impérieuse, dans n'importe quelle circonstance. L'étreinte se relâcha une seconde et la lampe de chevet s'alluma brusquement.

— Qu'est-ce que vous faites dans ma chambre ! Sortez ! Sortez tout de suite ou j'appelle.

Les yeux de Nicholas James la traversèrent comme une lame d'émeraude.

— Où êtes-vous allée ?

— Nulle part ! Ça... ça ne vous regarde pas.

— N'essayez pas de jouer ce petit jeu-là avec moi.

— Quel petit jeu ?

— Je vous le demande une dernière fois...

— Allez au...

L'étreinte se resserra douloureusement sur le bras nu de Dany.

— Une dernière fois gentiment...

— Si vous y tenez ! J'ai tout raconté à Jerry. Tout ce que nous avons vu.

— Quoi ?

— Il va prévenir les autorités. Lui, au moins, il ne recule pas devant ses responsabilités.

— Vous...

La voix de M. James s'étrangla dans sa gorge. Dany eut un sourire de satisfaction. Elle avait réussi à clouer le bec à Nicholas James ! Ça lui servirait de leçon. Il finirait peut-être par comprendre que tout le monde n'était pas à ses ordres.

— Soyons clairs, reprit enfin son interlocuteur après une brève inspiration. Vous avez dit à Somers que vous avez été témoin du pillage de ce tombeau inca?

— Parfaitement.

Devant l'expression terrifiante du visage de M. James, le cœur de Dany manqua un battement. Mais, recouvrant son sang-froid, elle lui lança un regard de défi.

— Et alors? Qu'est-ce que vous allez faire? Vous n'oserez pas me battre, tout de même?

— Vous n'êtes vraiment qu'une pauvre gamine sans cervelle! Une sale petite gosse de riche qui met son nez n'importe où histoire de passer le temps!

— Oh! Cette fois...

Dany leva la main, mais avant que le coup n'ait pu partir, il l'attrapa par le poignet, rabattant son bras sur le lit avec une force qui fit venir des larmes aux yeux de la jeune femme. Leurs visages n'étaient plus qu'à quelques centimètres l'un de l'autre.

— A l'avenir, si vous en avez encore un, bien sûr, vous ferez exactement ce que je vous dis. C'est une question de vie ou de mort. Ai-je été assez clair, mademoiselle Trent?

— Tout à fait clair. Mais permettez-moi de vous répondre, monsieur James, que, si vous me prenez pour ces femmes douces et soumises qu'on fait obéir au doigt et à l'œil, vous vous êtes trompé d'adresse et... Aïe!

Les doigts de Nicholas James pénétraient cruellement dans sa chair.

— Chut!

On entendit une porte grincer à l'autre extrémité du corridor. Dany vit le visage de son compagnon se figer, ses yeux verts se rétrécir comme ceux d'un chat. Le long corps musclé était si près du sien qu'elle pouvait en sentir toute la tension.

Sans faire de bruit, il éteignit la lumière, puis allant à pas de loup jusqu'à la fenêtre, il l'entrouvrit légèrement. Par-dessus son épaule, Dany vit une large silhouette traverser rapidement la pelouse.

— C'est Jerry, chuchota-t-elle.

Nicholas James fit brusquement volte-face.

— Oui, c'est Jerry ! Partons ! Tout de suite.

— Comment ?

— Il faut partir immédiatement. Même pour une cervelle de moineau comme la vôtre, ce doit être compréhensible, non ? Dans une heure, votre gentil petit Jerry sera de retour avec du renfort.

Il allait de nouveau la saisir par le poignet mais Dany recula brusquement.

— Je ne partirai pas tant que vous ne m'aurez pas fourni d'explications.

— Pas le temps !

— Alors, vous devrez m'emmener de force ! rétorqua Dany, solidement campée au milieu de la chambre.

L'homme marmonna quelque chose entre ses dents.

— D'accord, mais tâchez de comprendre vite. Grâce à vos brillantes initiatives, vous avez fichu par terre mon travail de deux jours.

— Que voulez-vous dire ?

— Que depuis que nous sommes ici, je surveille le dénommé Jerry. Et la nuit dernière, une petite promenade au clair de lune m'a confirmé ce que je soupçonnais déjà : votre bon ami Somers trempe dans ce trafic jusqu'au cou.

— J-Jerry ?

— Oui, Jerry. C'est lui qui transmet les ordres et qui paie les hommes. Nul doute que l'attaché-case dont il ne se sépare jamais est plein à craquer de beaux dollars tout neufs.

Dany secoua la tête avec véhémence.

— Je ne vous crois pas.

— Désolé de détruire vos illusions. Apparemment, vous aviez un petit faible...

— Je n'éprouve rien de particulier pour Jerry ! Vous semblez oublier que je suis fiancée !

— C'est peut-être bien vous qui avez besoin qu'on vous le rappelle.

Sous l'outrage, Dany ouvrit et ferma la bouche, cherchant ses mots. Nicholas James en profita pour prendre l'avantage.

— J'ai des preuves. Je n'étais pas seul à me promener, la nuit dernière. Jerry était dehors lui aussi. Et j'étais juste derrière lui quand il a rencontré le type que vous avez vu en train de diriger les travaux au sommet du temple.

— Vous connaissez cet homme ?

Le visage de James devint aussi dur que du granit.

— La dernière fois que nous nous sommes rencontrés, il était en train d'éventrer un temple maya, au Guatemala.

— Oh ! Est-ce...

— Ecoutez, coupa Nicholas James en jetant un regard impatient à travers les stores, nous continuerons cette petite conversation quand nous serons en sécurité. Ce n'est pas l'Angleterre, ici, et les gens à qui nous avons affaire ne sont pas de riches amateurs ni des propriétaires de galeries chics. Ce sont des gens qui tuent aussi facilement que j'écrase ce moustique.

Joignant le geste à la parole, James claqua des deux mains, attrapant au vol un pauvre insecte qui fut pulvérisé avant même de comprendre ce qui lui arrivait.

L'estomac tordu par une brusque nausée, Dany dévisageait son interlocuteur qui poursuivit sur le même ton :

— Croyez-moi, mademoiselle Trent, ce monde-là n'est pas le vôtre.

— Tandis que vous, vous vous y sentez comme un poisson dans l'eau!

— Si vous voulez.

Il se tourna pour jeter un nouveau coup d'œil dehors et Dany en profita pour l'observer. Tout, dans cet homme, exprimait une arrogance froide et impassible : sa manière de se camper sur ses jambes, comme s'il se sentait partout en terrain conquis, sa manière de la regarder... Et il était si convaincant que les certitudes de la jeune femme commençaient à vaciller. Pouvait-elle vraiment lui faire confiance?

— Ecoutez, je...

Nicholas James l'interrompit brutalement.

— Vous venez de votre plein gré ou faudra-t-il que je vous porte?

Joignant le geste à la parole, il fit un pas vers elle. Paniquée, Dany recula.

— Non, je ne vous suis pas. Je suis sûre que vous faites partie de la bande. Oui, c'est bien ça, cria-t-elle soudain, les yeux noirs de terreur, vous voulez me kidnapper!

Elle ouvrit la bouche pour appeler à l'aide, mais l'attirant brutalement contre lui, l'homme la bâillonna d'une main ferme. Dany secouait la tête de droite à gauche, ce qui ne faisait qu'accroître la pression. Alors, elle mordit jusqu'au sang la main qui la retenait prisonnière. James jura entre ses dents serrées et la libéra soudain.

Ils s'observèrent un instant, dans la lumière tombante, le souffle court.

— Ça vous ennuierait d'utiliser un autre langage? observa Dany avec hauteur. J'ai l'habitude de fréquenter des gentlemen et...

James eut un rire âpre.

— Désolé de heurter vos chastes oreilles, princesse,

mais j'ai l'impression que si nous devons passer un certain temps ensemble, ce n'est rien à côté de ce que vous allez entendre. Tom m'avait pourtant prévenu mais même lui sous-estimait...

Les yeux de Dany s'élargirent démesurément.

— Tom ? Vous voulez dire grand-père ? Vous... vous le connaissez ?

— J'ai ce plaisir, oui. Mais quand je lui ai promis de lui ramener sa petite-fille en un seul morceau, je n'imaginais pas que j'en viendrais moi-même à rêver de la mettre en pièces détachées !

— Vous lui avez promis ? Vous voulez dire que c'est lui qui vous a demandé de me protéger pendant le voyage ? Il se méfie de moi à ce point-là ?

Malgré elle, la voix de la jeune femme tremblait légèrement.

— Oh, grand-père ! Pourquoi m'as-tu fait ça ! Me confier, moi, à ce... ce goujat !

— Il n'avait sans doute pas d'autre solution. Apparemment, votre petit fiancé ne s'est pas porté volontaire !

Dany imaginait mal Marcus dans une pareille situation. Mais elle s'empressa de chasser pieusement cette idée blasphématoire.

Déjà, Nicholas James revenait à la charge :

— Alors, si vous voulez que je puisse tenir ma promesse, il faut partir immédiatement. Nous avons déjà perdu beaucoup trop de temps.

— D'accord... Laissez-moi prendre quelques affaires...

Il eut un rire aigu.

— Vos affaires ! Estimez-vous heureuse si vous sortez de là entière ! lança-t-il en lui arrachant des mains le sac de voyage qu'elle s'apprêtait à remplir. Je vous autorise à prendre votre appareil photo. Rien de plus.

Dany fouilla la chambre d'un regard anxieux.

— Oh, non ! J'ai dû le laisser tomber quand... quand vous m'avez agressée !

James haussa un sourcil ironique.

— Vous n'imaginez tout de même pas que je vais aller le chercher ?

— Non, évidemment. Mais les photos que j'ai prises étaient notre seule preuve.

Son compagnon haussa les épaules.

— Nous nous préoccuperons des preuves plus tard... si nous en avons l'occasion. Partons !

— Mais comment ?

— J'aurais bien pris l'une des jeeps mais les pistes sont si mauvaises que nous n'irions pas loin.

— Alors ? Le fleuve, peut-être ?

— Trop lent. Et puis nous serions trop facilement repérables. Avec vos cheveux... Non, nous allons prendre un avion. Il n'y a pas d'autre solution.

— Un avion ?

Cette fois, la voix de Dany avait pris un timbre suraigu.

A sa grande surprise, au lieu de la rembarrer avec ses habituels sarcasmes, Nicholas James lui décocha un sourire éblouissant. Des petites flammes d'or brillaient dans ses yeux verts.

— Pan Am, première classe, bien sûr ! Ça vous ira, mon cœur ?

— Oui, mais...

— Vous savez quoi ? Si vous réfléchissiez autant que vous parlez, nous n'en serions pas là !

Et, saisissant soudain la jeune femme par le coude, il la prit dans ses bras. Avant même qu'elle ait eu le temps de protester, la bouche de Nicholas couvrait la sienne, exigeante, brutale. Dany résista autant qu'elle put à cette agression inattendue, mais les lèvres de James semblaient douées de cette même audace puissante qu'il mettait dans tous ses gestes.

Comment osait-il? Une fureur froide s'empara de Dany, la faisant trembler comme une feuille. Mais une autre émotion, subreptice, issue d'une partie d'elle-même qui lui était inconnue, se répandait dans ses veines, brûlante, sombre, terrifiante.

Quand l'homme la libéra enfin, ce fut comme si son corps, et pas seulement sa bouche, lui avait été ravi. Dany resta un instant accrochée à son agresseur, les yeux aveugles, un spasme violent la parcourant tout entière. Une fraction de seconde, leurs regards se nouèrent, puis il la repoussa énergiquement.

La poitrine haletante, Dany le fusilla d'un regard mauvais.

— Ne recommencez jamais ça!

Un bref sourire dansa au coin des lèvres de Nicholas James.

— Mais, mon cœur, j'ai réussi à vous faire taire pendant au moins trente secondes!

— Si mon fiancé était là, il...

— Ah, oui, le Pr Marcus! s'exclama James, la bouche méprisante. Mais il est bien au chaud dans sa bonne université d'Oxford. Et c'est moi que vous avez entraîné dans ce bourbier. Donc, c'est à moi que vous obéirez. Et si vous ne voulez pas que je recommence, vous n'avez qu'à vous taire. Allons-y.

La prenant par la main, Nicholas James ouvrit silencieusement la porte.

Ils atteignirent l'aire de décollage au moment où le crépuscule tropical tombait, aussi brusquement qu'un rideau qu'on tire. C'était une simple clairière, conquise sur la forêt pour satisfaire la demande des touristes avides de sensations rares dans une nature encore vierge. Deux hangars rouillés par l'humidité servaient de hall de départ et d'arrivée, et trois petits appareils se tenaient alignés au bout de l'unique piste de terre rouge.

En les voyant, Dany se mordilla nerveusement les lèvres. Ils n'iraient pas bien loin avec ça!

Juste au moment de déboucher à découvert, James s'arrêta soudain sans prévenir, et la jeune femme le heurta violemment. Il observait le terrain, les yeux mi-clos, comme un félin guettant sa proie.

— Qu'y a-t-il?

— Je me demande quel avion il vaut mieux prendre. Le Lockheed, sans doute...

— Vous... vous avez vraiment l'intention de voler un de ces appareils?

— Vous comprenez vite!

Dany avala douloureusement sa salive.

— Mais... vous savez vous en servir?

James lui lança un vague coup d'œil.

— J'ai suivi une « formation express », du moins c'est comme ça que mon instructeur a appelé mon stage d'une semaine. Allons-y, ajouta-t-il aussitôt en voyant sa compagne devenir toute pâle.

Longeant la clairière pour rester à l'abri des arbres, ils s'arrêtèrent le plus près possible des appareils. Des bandes de lumière filtraient à travers les fenêtres entrouvertes des cases, et de la pop-musique s'échappait d'un poste de radio.

Nicholas James traversa la clairière, plié en deux, et Dany le suivit en l'imitant. Son compagnon lui tendit la main pour l'aider à monter, avant de s'asseoir à la place du pilote, devant la série impressionnante de cadrans.

— C'est bon, on peut y aller, lança-t-il après avoir mis le contact. On a de la chance, il était prêt à décoller. Sans doute pour un départ très tôt demain matin.

Dany achevait à peine de fixer sa ceinture d'une main tremblante quand le moteur toussa deux ou trois coups, puis poussa un long rugissement.

Aussitôt, des petites silhouettes noires parurent sur le seuil des grandes cases collectives qui abritaient les employés. Un homme courait vers eux, une mitraillette à la main. Mais déjà le petit avion tanguait sur la piste de fortune, dont la terre rouge tailladée d'ornières se dessinait vaguement dans la nuit tropicale. Il tourna sur l'aile et, après un dernier cahot, monta vers le ciel, tandis que Dany, le cœur au bord des lèvres, les yeux fermés, se récitait une prière apprise dans son enfance.

Quand l'avion eut pris suffisamment d'altitude, Nicholas James jeta un coup d'œil à sa compagne.

— Ça va ?

Et Dany, dont la panique s'était soudain transformée en un intense sentiment de jubilation, lui sourit, les yeux grands ouverts cette fois.

— Ça va.

— Nous atterrirons à Santa Clara dans un peu plus d'une heure.

Une heure ! Une heure seulement ! Nicholas James irait prévenir la police, la jeune femme téléphonerait à son grand-père, puis ce serait l'hôtel, un bon bain... Demain, elle retrouverait sa chère Angleterre, et M. James sortirait de sa vie à jamais.

Dany fixait du regard la nuque de son compagnon, là où une mèche de cheveux noirs, un peu trop longue, s'incurvait doucement sur la peau bronzée... Une si jolie petite mèche... Horrifiée, Dany s'aperçut qu'elle avait inconsciemment avancé la main comme pour enrouler cette boucle de cheveux autour de son index.

Elle détourna aussitôt son regard et fixa son attention sur la masse sombre de la forêt qui se déroulait sous eux comme un océan sans fin. Quand tout à coup, un sifflement aigu retentit dans l'habitacle. Puis tout alla très vite : une lumière rouge se mit à clignoter sur un cadran du tableau de bord, Nicholas poussa un juron, l'avion ralentit brusquement et le cockpit commença à se remplir de fumée. Figée sur son siège, Dany regardait le sommet des arbres se rapprocher d'eux à la vitesse de l'éclair.

Un épouvantable craquement retentit dans son crâne, comme si ses facultés sensorielles s'étaient soudain hypertrophiées, le fuselage cria tel un animal blessé, puis ce fut un chamboulement général, et l'avion se retourna avant de s'immobiliser enfin, après une dernière et vertigineuse secousse.

Dany restait paralysée dans son siège, cherchant péniblement à aspirer un peu d'air. Elle fut vaguement consciente d'une silhouette penchée sur elle.

— Dany, vous allez bien ? Dany, répondez-moi !

— Je crois que ça ira, murmura-t-elle.

Elle trouva enfin la force de se tâter les bras et les jambes et découvrit que, par miracle, elle semblait indemne.

— Que... que s'est-il passé ?

— Un moteur a pris feu. Sur les quatre avions, nous avons évidemment choisi le bon numéro ! Vite, sortons d'ici.

Détachant rapidement la ceinture de Dany, il voulut l'aider à se redresser, mais la jeune femme se raidit dans son siège.

— Non, je ne peux pas.

— Mais si, vous pouvez ! Il y a assez de fuel dans les réservoirs pour faire sauter un immeuble de trois étages... et nous avec.

Faisant glisser la porte, James saisit sa compagne sous les aisselles et la déposa doucement sur ce qui restait de l'aile droite. Puis il sauta sur le sol et la fit glisser dans ses bras. Il traîna la jeune femme à demi consciente sur la mousse rase qui recouvrait le sol et s'arrêta enfin à une bonne dizaine de mètres de l'appareil.

Ils se trouvaient dans une petite clairière au bord du fleuve. Le nez de l'avion était enfoncé dans la boue meuble du bord de l'eau. Tout autour d'eux, oppressante, s'étendait la profondeur opaque de la forêt. S'ils s'étaient écrasés sur ces arbres...

Dany leva vers son compagnon de grands yeux aux pupilles dilatées.

— Vous... vous m'avez sauvé la vie.

Elle mordilla ses lèvres tremblantes et, son visage prenant soudain une couleur de cendre, ferma les yeux. Une fraction de seconde, elle crut sentir une main caresser doucement ses cheveux, mais aussitôt, la voix caustique de Nicholas James retentit à ses oreilles.

— Disons plutôt que j'ai sauvé ma peau. Et comme nous étions embarqués sur la même galère... Enfin, ne perdons pas de temps en bavardage. Puisque notre avion ne semble pas se décider à exploser, je vais voir les dégâts.

De la poche de son jean, il sortit une minuscule torche électrique.

Les jambes de Dany lui manquèrent et elle se laissa tomber sur la mousse, les yeux fixés sur le faisceau lumineux qui dansait dans la nuit. Nicholas James revint enfin, braquant la torche dans les yeux de Dany jusqu'à ce qu'elle proteste. Alors, la lumière s'éteignit et la nuit retomba sur eux, moite et vibrante d'une vie étrange. Seul l'éclat blême du fleuve trouait les ténèbres.

— Nous avons eu de la chance, dit-il laconiquement.

De la chance! Dany sentit monter en elle un rire fou qu'elle parvint difficilement à réprimer.

— Le fuselage a été arraché pendant la chute, poursuivit son compagnon, et le réservoir d'essence s'est vidé. Sans ça...

Il n'avait pas besoin d'achever sa phrase : à l'évocation de ce qui aurait pu arriver, l'estomac de Dany se contracta douloureusement.

— Mais, vous allez réparer l'avion, n'est-ce pas ?

— Votre foi en mes modestes capacités est touchante, mon cœur, répondit Nicholas avec un rire sans joie. Mais même si j'y parvenais, qu'utiliserions-nous en guise de fuel ? L'eau du fleuve ?

— Excusez-moi, ma question était stupide.

La réplique tomba, implacable :

— Comme d'habitude.

Dany se passa une main lasse sur le front. Les bruits de la forêt, sifflements, cris rauques des oiseaux de nuit, crépitements des insectes, finissaient par lui taper sur les nerfs et rendaient ses idées de plus en plus confuses. De quoi ravir ce beau spécimen de macho, même en perdition dans la brousse.

— Alors ? Qu'allons-nous faire ?

Et voilà qu'elle commençait à claquer des dents ! Si fort qu'elle-même comprenait à peine ce qu'elle disait. Du rideau d'arbres leur parvint un feulement sourd. Aussitôt, la jeune femme imagina un jaguar, prêt à tuer. Elle bondit sur ses pieds.

— En tout cas, je ne resterai pas une minute de plus ici !

— Pas de problème ! Je vous appelle tout de suite un taxi, répliqua Nicholas James. Ne vous ai-je pas entendu affirmer l'autre jour aux oreilles de notre cher accompagnateur que vous étiez impatiente de connaître enfin la vraie *jungle* tropicale ? Eh bien, voilà, vous y êtes. Jusqu'au cou !

— Oh, mais taisez-vous donc un peu ! cria Dany en donnant un grand coup de pied dans une motte de terre.

Si seulement ce pouvait être la tête de cet imbuvable goujat !

— Quoi qu'il en soit, poursuivit James avec suffisance, nous pouvons toujours envisager de passer la nuit dans l'avion. C'est le seul abri clos dans le coin, à ma connaissance. Et personne ne partira à notre recherche jusqu'au lever du jour.

Et il s'enfonça dans la nuit, sans même s'assurer que la jeune femme le suivait. Elle dut se hisser elle-même jusqu'à la porte de la carlingue, à peine entrouverte. Quand elle l'eut enfin rejoint, haletante, il jeta un coup d'œil par-desssus son épaule, ses yeux verts luisaient dans le faisceau de la torche comme ceux d'un chat sauvage.

— Il y avait cette couverture sous le siège avant. Prenez-la.

Dany sentit quelque chose de mou et de rugueux à la fois lui frôler le visage et, un bref instant, elle reconnut les motifs colorés de ces étoffes artisanales qu'elle avait achetées au marché de Fermina. Puis son compagnon brandit une bouteille.

— Du rhum de fabrication locale. Un peu fort, mais ça peut soutenir un moral défaillant. Je ne parle pas pour moi...

Un bref sourire retroussa le coin de ses lèvres, et Dany haussa nerveusement les épaules. Dieu que cet homme pouvait être horripilant!

— C'est sans doute pour ça que vous ne refusez jamais un bon verre de whisky! rétorqua-t-elle impulsivement.

— Ah! Je vois que vous m'avez soigneusement observé, mademoiselle Trent. Sous vos airs de jeune fille de bonne famille, vous n'avez pas les yeux dans votre poche. Parfait, j'aime bien que mes femmes sachent ce que j'aime.

— Je ne fais pas partie de « vos » femmes.

La voix de Nicholas James se fit suave.

— Mais si, mademoiselle Trent. En tout cas, le temps qu'il faudra pour que je nous tire du bourbier où vous nous avez fourrés avec vos initiatives de collégienne.

— Où « je » nous ai fourrés? Mais c'est vous qui conduisiez cet avion au moment où il s'est écrasé, non?

— Hum... Une fois de plus, vous avez parlé avant de réfléchir. Vous vouliez certainement dire que j'ai réussi à atterrir dans le seul endroit à des kilomètres à la ronde où on pouvait le faire sans trop de casse.

Sa voix, tranchante comme une lame, aurait dû réduire Dany au silence. Mais le seul fait de savoir qu'il avait raison la poussa à lui tenir tête.

— Si vous n'aviez pas choisi le seul avion défectueux...

— Oh! Je suis tellement confus! Evidemment, j'aurais dû prendre le temps de faire le point, c'est-à-dire la vingtaine de contrôles de rigueur, avant de décoller, susurra son compagnon d'une voix aussi douce que du papier de verre. Puis-je me permettre cependant de vous rappeler que si nous nous sommes retrouvés dans cet avion, c'est à cause de votre stupidité sans bornes?

— Si c'est vraiment ce que vous pensez, je me demande pourquoi vous ne me plantez pas là!

— Ne me tentez pas, mon petit cœur... Ne me tentez pas!

— Arrêtez de m'appeler comme ça. Vous et moi, nous n'avons rien en commun.

Nicholas James lorgna la jeune femme comme s'il avait sous les yeux un de ces batraciens gluants qui peuplaient la vase des bords du fleuve.

— Tiens! Il vous arrive parfois de formuler des vérités étonnantes. Ecoutez, mon petit, je pense que nous avons eu notre compte d'émotions pour aujourd'hui. Vous éprouvez une certaine antipathie à mon égard...

— Le mot est faible!

— ... Et je vous le rends bien. Mais il est temps de dormir un peu si nous voulons avoir les idées claires pour sortir de ce pétrin demain matin. Tenez, buvez!

Débouchant la bouteille de rhum, il la lui tendit.

Dany le repoussa avec dégoût.

— Non, merci.

Se relevant dans l'obscurité, Nicholas James se pencha vers elle et pressa le goulot contre ses lèvres. Quelques gouttes de liquide coulèrent sur le menton de la jeune femme. Peu soucieuse de reprendre les hostilités, elle but docilement une gorgée d'alcool. Une vague de feu lui écorcha le fond de la gorge.

— Merci, murmura-t-elle.

— De rien.

Nicholas but une longue rasade puis referma soigneusement la bouteille.

— C'est un bon calmant, ajouta-t-il avec un sourire qui, dans la lueur blême de la torche électrique, fit à Dany l'effet d'un rictus de bête fauve.

— Je n'ai pas besoin de calmant, et je n'ai pas envie de dormir! s'écria-t-elle.

Et c'était vrai. Que ce soit la violence des émotions qui l'avaient traversée ce jour-là, ou la proximité de Nicholas James, elle se sentait étrangement alerte et excitée.

— Ah? Si vous avez d'autres suggestions..., murmura-t-il sur un ton qui fit rougir Dany jusqu'à la racine des cheveux.

Evidemment, c'était tout à fait le genre d'homme à considérer chaque femme comme un défi à sa virilité. Même après un accident d'avion, et des perspectives plutôt sombres quant à leur avenir, il ne pouvait s'empêcher de donner libre cours à ses instincts. Jamais Marcus ne se serait permis ce comportement de mâle conquérant. Et c'était sans doute la raison pour laquelle elle se sentait tellement en sécurité avec lui.

Mais en jetant un nouveau coup d'œil à son compagnon, elle s'aperçut qu'il la considérait avec le plus parfait mépris. Non, elle l'horripilait trop pour qu'il ait la moindre intention déplacée à son égard.

Dany se blottit silencieusement dans la couverture. Puis elle rouvrit brusquement les yeux.

— Et vous, vous n'avez pas froid?

— Non, merci.

Dans l'espace restreint, à l'arrière de la carlingue, ils étaient très proches l'un de l'autre. Dany sentait l'haleine chaude de son compagnon contre son visage, et le léger parfum d'un savon de toilette flottait autour du corps robuste allongé près du sien. Mais, dominant tout le reste, il émanait de Nicholas James une forte aura de virilité.

Dany passa sa langue sur ses lèvres sèches. Ce n'était pas le moment d'avoir des idées bizarres. Elle bâilla et, sentant ses paupières s'alourdir, murmura :

— Bonne nuit, monsieur James.

— Appelez-moi Nick. Etant donné la situation, vous pouvez oublier M. James.

Dany rouvrit tout grands les yeux. Elle l'aurait parié!

— Vous voulez dire que ce n'est pas votre vrai nom?

— Oui et non.

— Que de mystères! Seriez-vous un agent secret?

Dany entendit un rire bas.

— Diable, non! Tout de même pas!

— Alors?

— Quand votre grand-père a gentiment pensé à moi pour vous pouponner, j'ai voulu m'amuser un peu en jouant ce personnage dont vous avez fait la connaissance, cet ennuyeux ethnologue toujours penché sur ses paperasses... Et je l'ai appelé M. James.

— Mais vous semblez connaître cette région comme votre poche!

— J'y ai passé pas mal de temps. Voyez-vous, mademoiselle la Fouineuse, j'ai été pendant longtemps photographe de guerre. Et j'ai couvert la plupart des guérillas et des coups d'Etat qui ont secoué cette partie du monde ces dix dernières années.

— Et pourquoi avez-vous abandonné ce métier? Vous avez finalement compris à quel point c'était dangereux?

Nick resta un instant silencieux.

— Il y avait un peu de ça, oui. Mais la raison essentielle, c'est que j'ai fini par comprendre que la mission que je m'étais fixée, en montrant aux gens les horreurs de la guerre pour les dissuader de recommencer, était vaine. J'avais oublié un petit détail.

— Lequel?

— La nature humaine.

— C'est un point de vue très cynique.

— Réaliste, seulement. Si vous aviez vu toutes les horreurs auxquelles j'ai assisté, vous penseriez la même chose.

Il se tut soudain, mais Dany sentait presque planer dans l'air les ombres des terribles images que Nick avait capturées dans son objectif et qui semblaient s'être incrustées dans son cerveau à jamais. Elle frissonna.

— Mais il ne faut pas avoir peur, mademoiselle Trent, reprit la voix presque désincarnée de son compagnon. Quand nous serons sortis d'ici, vous rejoindrez le bon Marcus dans sa tour d'ivoire et vous ne retournerez plus jamais dans le monde réel.

— Vous ne connaissez pas Marcus! Vous ne savez pas comment il vit, ce qu'il pense!

— C'est assez facile à deviner.

— Eh bien...

Dany s'apprêtait à défendre vaillamment son fiancé, à dire à ce... ce sauvage que Marcus en valait dix comme lui. Mais une vague de fatigue la submergea et elle se contenta de soupirer :

— Vous ne m'avez toujours pas dit votre vrai nom.

— Nicholas James Devlin.

— Nicholas James Dev...

Les yeux de Dany s'ouvrirent tout grands et elle se redressa soudain sur sa couche de fortune.

— Vous ne voulez pas dire que vous êtes Nick Devlin ?

— Jusqu'à ce jour, c'est ce que j'ai toujours cru.

— Le grand Nick Devlin ?

— Y en aurait-il un autre ?

Cette fois, son habituelle arrogance ne désarçonna pas la jeune femme.

— En tout cas, vous vous êtes vite reconverti. Ces derniers temps, on vous voit plus souvent dans les rubriques mondaines, une fille pendue à chaque bras, que sur les champs de bataille.

Là encore, ce n'était pas une réflexion très maligne, mais Dany était tout de même impressionnée. Elle allait passer la nuit, en tout bien tout honneur, évidemment, avec l'un des plus célèbres reporters de la presse internationale ! Dans l'obscurité, elle recouvrit doucement sa main gauche de sa main droite, comme pour protéger sa bague de fiançailles. A moins que ce soit pour y puiser un peu de force. Elle ne savait plus très bien.

— Quoi qu'il en soit, que ceci reste bien clair entre nous, monsieur Devlin. Ne comptez pas profiter de la situation pour exercer vos talents de séducteur sur ma modeste personne. Ça ne marcherait pas !

— Mon petit cœur, articula Nick d'une voix douce et chaude comme du miel, je me demande qui de vous ou de moi a besoin d'exercice dans ce domaine.

Les doigts de Dany se crispèrent sur sa bague.

— Mais inutile de trembler d'appréhension toute la

nuit. Quand j'ai accepté ce pensum, j'ai certifié à Tom que vous n'étiez pas du tout mon genre.

— Voilà qui me rassure, marmonna Dany qui sombrait cette fois dans un sommeil irrésistible.

Mais son compagnon poursuivit impitoyablement :

— Et en arrivant ici, j'ai pu constater *de visu* que je ne m'étais pas trompé. Rien que votre manière de répondre à mon baiser...

— Hein ? Quoi ? Que voulez-vous dire ?

— Voyez-vous, mon cœur, ce qui me plaît le plus, dans les femmes que je choisis, c'est que ce sont de vraies femmes.

# 4.

Une pâle lumière filtrait à travers les grands arbres. Dany roula sur le dos, fronça les sourcils en cherchant en vain le repère rassurant du plafond de la chambre d'hôtel. Puis, en reconnaissant la voûte d'acier de la carlingue, elle se rappela les événements de la veille. Alors, elle se redressa lentement, massant son cou douloureux.

— Nick, êtes-vous réveillé ?

Pas de réponse. Elle s'agenouilla pour mieux voir et s'aperçut que la place à côté d'elle était vide. Elle tâta et ne sentit que le froid du métal.

Il était parti ! Il avait décidé de mettre sa menace à exécution et l'avait abandonnée là, en pleine jungle !

La jeune femme resta un moment paralysée d'effroi.

La porte de l'avion était ouverte. Dany atterrit sur le sol spongieux sans faire de bruit et se remit debout prudemment. Dans la lumière blafarde de l'aube, un rideau de brume se levait au-dessus du fleuve. Les arbres et les buissons qui y poussaient semblaient flotter dans l'atmosphère immobile comme des fantômes.

Tout autour d'elle, la forêt grouillait de bruits divers, cris aigus, grincements, glissements furtifs, qui lui laissaient la bouche sèche d'angoisse.

Soudain, d'un peu plus loin, lui parvinrent des bruits

d'eau, comme des éclaboussements. Surmontant la peur qui lui tordait le ventre, Dany se fraya un chemin sur la mousse, au travers des hautes herbes qui bordaient le fleuve. Au bout de quelques mètres, son cœur fit un bond dans sa poitrine. Nick ne l'avait pas laissée tomber! Il était là, s'ébattant dans l'eau ainsi que l'aurait fait n'importe quel habitant de ces lieux. Dany fit un pas dans sa direction, puis s'arrêta tout à coup : il avançait vers elle dans la lumière froide qui jouait sur sa peau comme sur un marbre pâle. Et il était entièrement nu.

Son corps souple et musclé offrait une superbe anatomie de statue grecque.

Incapable de bouger, la jeune femme le fixait d'un regard hypnotique, le sang battant douloureusement à ses tempes. Mais au moment où il atteignait la rive et se penchait pour saisir ses vêtements, une impulsion incontrôlable lui fit prendre la fuite. Elle se mit à courir à perdre haleine en direction de la clairière.

Puis, assise sur une souche, elle attendit. Quand elle entendit le pas de son compagnon, elle leva les yeux : Nick Devlin se dressait devant elle, bouclant nonchalamment le ceinturon de cuir de son jean. Il portait son polo noir négligemment jeté sur une épaule et des gouttes d'eau roulaient sur son torse bronzé. Dany réprima farouchement une brutale envie de passer sa main dans l'épaisseur des cheveux mouillés.

— Qu'est-ce qui se passe? Vous êtes toute pâle.

Il avait dû la voir s'enfuir.

— Rien... Je crois que j'ai attrapé un torticolis.

— Faites voir. Je vais vous masser un peu...

Jetant son polo sur le sol, il s'avança. Mais Dany se rétracta, peu désireuse que les longues mains brunes se posent sur sa peau nue.

— Non, merci. Ça ira.

— Ne soyez pas stupide. Nous avons une lourde

charge à porter et je n'ai pas l'intention de jouer les coolies pendant que vous gambaderez sur mes talons les mains dans les poches.

Avant qu'elle ait pu émettre d'autres protestations, il l'avait poussée doucement mais fermement sur le sol et, s'agenouillant derrière elle, il commença à masser lentement ses muscles douloureux.

— Vous tremblez. Qu'est-ce qui ne va pas, encore?

Dany avala laborieusement sa salive.

— C'est que... quand je ne vous ai pas vu, en me réveillant, j'ai cru que vous étiez parti.

Cette raison-là en valait bien une autre. Tout au fond d'elle-même, Dany savait pertinemment que l'origine de ses frissons n'était pas la peur. Mais plutôt qu'avouer son trouble, elle préférait passer pour une lâche.

Nick rit doucement.

— Mon pauvre chou! Vous croyez vraiment que j'aurais pu vous faire ça?

— Je ne sais pas. Probablement, oui.

Il rit encore, et son souffle souleva les légers frisons qui bouclaient sur la nuque fragile de la jeune femme. Sous la caresse de ses doigts, Dany fermait les yeux béatement.

— Vous êtes toute raide. Retirez votre chemisier pour que je puisse vous masser correctement.

— Non, protesta Dany entre ses dents serrées.

— Pour l'amour du ciel, cessez de vous comporter comme une sale gamine. Ce n'est pas le moment de me faire une crise de pudeur, alors que ça fait trois jours que vous vous promenez avec un short qui ne cache pas grand-chose de votre anatomie. Retirez-moi ça!

Lentement, Dany commença à faire glisser un bouton, puis un autre, maudissant l'impulsion qui lui avait fait retirer son sous-vêtement la veille, à cause de la chaleur.

— Allez, encore! ordonna Nick.

Impatiemment, il tira le chemisier sur les épaules de la jeune femme, jusqu'au milieu des avant-bras, et ses doigts frôlèrent la courbe tendre de ses seins.

— Bon, ça ira comme ça.

Et ses mains expertes se mirent à courir avec une douceur nouvelle le long des muscles de Dany, noués par la souffrance.

— Là, ça va mieux? demanda-t-il enfin.

Dany bougea prudemment son cou de gauche à droite, puis de bas en haut.

— Oui, je n'ai plus mal du tout. Merci.

Elle se retourna pour lui sourire et, perdant l'équilibre, s'effondra contre le large torse bronzé. Sa poitrine frôla la peau nue et satinée de son compagnon, frémissant au contact du duvet brun. Un long moment, tandis que Nick luttait pour rétablir leur équilibre, leurs regards plongèrent l'un dans l'autre. Les premiers rayons du soleil allumaient des flèches d'or dans les prunelles vertes de Nick.

Soudain, il bondit sur ses pieds, entraînant la jeune femme avec lui.

— Habillez-vous!

Tandis que Dany se débattait maladroitement avec les boutons, il poursuivit d'une voix brusque :

— Nous devons mettre le plus de distance possible entre nous et cet avion.

Il s'interrompit en voyant la jeune femme se diriger vers le coude du fleuve.

— Où allez-vous?

Dany s'arrêta net.

— Mais, faire un peu de toilette. Je suis couverte de poussière...

— Il fallait y penser plus tôt. Maintenant, on s'en va. Vous n'avez pas compris ce que j'ai dit?

— Bon sang! explosa Dany. Il fait à peine jour et je n'en ai pas pour longtemps. Si je vous dis que...

— Et moi je vous dis qu'il faudra attendre.

Comme Dany faisait mine de passer outre, il la saisit par un bras avec un juron bien senti et la traîna presque vers l'avion. Juste au moment où il la relâchait, Dany se vengea en lui décochant un coup de pied dans la cheville. Nick Devlin poussa un cri de douleur et plaqua la jeune femme contre le fuselage de l'appareil.

— Pour la dernière fois, mademoiselle Trent, articula-t-il entre ses dents serrées, je vous demande de faire exactement ce que je vous dis. Vous vous laverez plus tard. Avant de partir, il faut fouiller l'avion pour voir si nous ne pouvons rien emporter d'utile. Nous n'avons rien à manger, au cas où ce petit détail vous aurait échappé. Personnellement, je suis capable de survivre dans n'importe quelle forêt du monde. Mais je vous imagine mal vous accommodant d'un rôti de crocodile ou d'une brochette de fourmis rouges.

Malgré sa ferme décision de ne pas se laisser impressionner, Dany ne put réprimer une grimace de dégoût.

Un mince sourire dansa au coin des lèvres de Nick. Puis son visage redevint grave.

— Bref, dans ce genre de situation, quelqu'un doit prendre l'initiative. Et les autres, vous en l'occurrence, n'ont qu'une chose à faire : obéir. Est-ce clair?

— Comme du cristal.

— Alors, cessez de prendre cet air d'enfant martyr. En temps ordinaire, je suis assez facile à vivre...

— Vraiment? susurra Dany d'un ton exagérément poli.

— Oui, vraiment. Malheureusement, il semblerait que j'aie rencontré, grâce à ce bon vieux Tom, la seule femme qui soit capable de me faire sortir de mes gonds.

Dany ouvrit de grands yeux innocents.

— Moi ?

— Oui. Alors, si faire ce que je vous demande vous paraît vraiment trop difficile, Santa Clara est par là. A environ quatre cents kilomètres.

— C'est là que nous allons ?

— Vous, oui, si ça vous chante. Mais moi, je ne suis pas si fou. Pas avec deux chaînes de montagnes à traverser. En avion, c'était jouable. A pied, ce serait de la folie.

— Alors ?

— Alors, je vais me diriger vers la frontière.

— Et c'est loin ?

— Six jours de marche. A condition de ne pas s'amuser en cours de route, évidemment.

— Evidemment.

Six jours de marche. Peut-être même plus. Marcher, passe encore. Mais comment pourrait-elle supporter de vivre aussi longtemps dans l'intimité d'un tel homme ?

— Donc, reprit Nick d'un ton révélant qu'il avait parfaitement lu dans les pensées de la jeune femme, si vous voulez tenter votre chance avec moi, il faudra vous tenir à carreau. Compris ?

Dany lança une œillade rebelle, mais, rencontrant le regard glacial de Nick, elle baissa la tête.

— Compris. Et...

Bien qu'il lui en coûtât, elle parvint à prendre sur elle pour ajouter :

— ... Et je suis désolée... Depuis hier, je me suis vraiment comportée comme une sotte.

— Depuis hier ? Seulement ?

Dany ne releva pas l'insulte. Elle savait pertinemment que s'il y avait un seul homme dans toute l'Amérique du Sud capable de la tirer de ce mauvais pas, c'était Nick Devlin. En dépit des jaguars, des serpents et des crocodiles.

Et soudain, sans savoir comment, elle se retrouva dans les bras de son compagnon, claquant des dents et tremblant convulsivement.

Une main lui tapota les cheveux.

— N'ayez pas peur, Dany. J'ai promis à votre grand-père de vous ramener entière. Au nom de tout ce que je lui dois, je le ferai.

Dany resta un instant les yeux fixés sur le sol, contemplant avec une fascination mêlée d'horreur un énorme lézard vert qui, à moitié dissimulé dans l'épaisseur de la mousse, avalait les moucherons qu'il attrapait sur sa langue gluante.

— Alors, vous venez m'aider, oui ou non?

La voix caustique de Nick émergeait des profondeurs de l'avion dont il était déjà en train d'explorer la soute. Des piles de boîtes de conserve occupaient l'essentiel de l'espace.

Il décocha à sa compagne un bref sourire.

— Vous avez de la chance. On dirait bien que vous allez pouvoir éviter le régime iguane-pousses de bambou, finalement.

Dany s'agenouilla à côté de lui et, prenant une des boîtes, lut à haute voix :

— Porc et haricots sauce piquante, ananas en tranches, boulettes de viande au riz... Mais qu'est-ce que c'est que tout ça?

Nick haussa les épaules.

— Aucune idée. Des rations de survie... ou un approvisionnement pour l'hôtel, peut-être. Contentons-nous de remercier le ciel : l'avion que nous avons choisi nous a peut-être fait atterrir un peu plus tôt que nous le souhaitions, mais nous ne mourrons pas de faim. Et ceci peut nous être utile aussi.

Il désignait du doigt une mallette de premiers secours, facilement identifiable grâce à la croix rouge peinte sur le couvercle de métal. Puis, soulevant celui d'une cantine, il poussa un long sifflement.

— Bien, bien...

Dany, penchée sur son épaule, entr'aperçut un amas d'outils, des pioches, des pelles, et des machettes dont la lame luisait dans la pénombre.

Nick en prit une qu'il fit tournoyer dans l'air. Puis il la posa à côté de la pile de provisions qu'il avait déjà choisies.

— Celle-ci fera parfaitement l'affaire.

— Il faudra payer pour tout ça, remarqua sentencieusement Dany en faisant courir ses doigts sur la lame de la machette.

Elle leva la main tout à coup avec un petit cri. Une goutte de sang perlait sur sa paume.

— Bon sang, mademoiselle Catastrophe, laissez donc ça tranquille! Et inutile de prendre cet air offusqué. Nous paierons... quand on viendra nous présenter la note!

— Et l'avion? Il faudra...

Une brève exclamation lui coupa la parole.

Penché en avant, Nick fouillait les entrailles de la malle avec une frénésie impatiente.

— Venez voir, mademoiselle la Moralisatrice. Ça m'étonnerait que les propriétaires de l'avion viennent nous demander des comptes! En tout cas, si nous parvenons à sortir d'ici vivants. Regardez!

Il se retourna lentement et Dany vit, posée sur sa large paume, une petite statuette en or qui étincelait dans la lumière du soleil.

Elle la saisit délicatement entre ses doigts. L'objet représentait une femme assise en tailleur, tenant dans une main un épi de maïs et de l'autre berçant un nouveau-né. Tout son corps, et surtout le ventre, était d'une corpulence extrême, et cependant le fin visage, sous sa couronne de plumes stylisées, exprimait une souveraine et envoûtante beauté.

Dany fit courir son doigt le long de la courbe d'une épaule.

— Qu'est-ce que c'est ?

— Une déesse de la fertilité, probablement. En tout cas, c'est ainsi qu'on interprète l'épi de maïs et l'enfant nouveau-né. Il y a quelques années, j'ai photographié une dame tout à fait comparable à celle-ci. On venait de la découvrir dans des fouilles, au Chili.

Dany le regarda extraire de la malle un autre objet soigneusement enveloppé dans de vieux chiffons. Cette fois, il s'agissait d'un bol de terre cuite, orné d'animaux en relief qui formaient une danse étrange autour de ses flancs. D'autres bols suivirent, puis des gobelets, des jarres aux flancs décorés de motifs géométriques. Et enfin, particulièrement bien protégés par des couches de papier journal, une douzaine de minuscules papillons d'or.

Nick en fit tomber un dans la paume ouverte de la jeune femme.

— Quand le dernier empereur inca fut pris en otage par les *conquistadores*, expliqua-t-il d'une voix calme, ils demandèrent, en guise de rançon, que toute une pièce soit remplie d'or. Parmi les objets que les sujets du roi apportèrent, il y avait des papillons.

Nick laissa échapper un rire amer et, sous le masque impassible et cynique, Dany crut percevoir, une fois de plus, une vibrante sensibilité.

Mais son compagnon avait déjà repris ses recherches.

— Je crois que c'est tout... ah, non ! Il y a encore quelque chose.

Il se redressa, tenant entre ses doigts une fine chaîne d'or à laquelle était suspendue une tête d'animal sculptée. Spontanément, Nick se pencha sur Dany et lui passa la chaîne autour du cou. Le médaillon tomba entre les seins de la jeune femme, lourd et froid, et, quand elle le prit pour l'examiner, elle s'aperçut que c'était une tête de jaguar, la gueule entrouverte dans un feulement menaçant, avec, à la place des yeux, deux minuscules émeraudes. Le soleil, jouant dessus, leur arracha un long rayon vert.

Emerveillée, Dany murmura :

— Quel objet magnifique !

— Oui.

Il y avait une curieuse réticence dans la voix de Nick, et Dany leva vivement la tête. Mais le regard vert jade s'était déjà détourné et Nick, penché sur la malle, remballait les objets.

— Qu'allons-nous faire de tout ça ? Allons-nous tout emporter ?

— Non. Ce serait trop lourd.

Les derniers papillons disparurent dans le colis que Nick venait de confectionner.

— N'oubliez pas ceci !

Dany porta les mains à son cou mais son compagnon s'interposa.

— Non. Nous le garderons comme preuve. Je vais enterrer le reste.

Il choisit une large pelle puis désigna un épais buisson de bambou, haut de trois mètres, à l'orée de la petite clairière.

— N'est-ce pas un peu trop près de l'avion ? S'ils retrouvent notre trace...

— Ça m'étonnerait. Mais dans le cas contraire, il ne leur viendra pas à l'idée que nous ayons pu laisser ce petit trésor derrière nous. Et même s'ils avaient des doutes, ils chercheraient plutôt dans la forêt. Pas juste sous leur nez.

Nick avait déjà découpé soigneusement un carré de

mousse et creusait un trou dans là terre meuble. Appuyée contre un arbre, Dany l'observait.

En plein soleil, sa barbe naissante lui donnait un air à la fois négligé et singulièrement séduisant. Un air un peu fragile, aussi, qui contrastait avec sa personnalité.

— Quelque chose ne va pas?

Dany s'empourpra.

— Oh... je... je pensais seulement que vous aviez besoin de vous raser.

— Ça vous dérange? Les femmes m'ont toujours dit que ça me rendait irrésistible.

Dany resta bouche bée, incapable de trouver quelque chose à rétorquer. Nick soutint un instant son regard puis un sourire narquois se dessina sur ses lèvres.

— Evidemment, dit-il en lançant énergiquement une pelletée de terre par-dessus son épaule, ce bon vieux Marcus ne quitterait pas sa salle de bains sans s'être rasé de près.

— Evidemment. Et je vous serais reconnaissante de ne pas l'appeler ainsi.

Sans relever la réplique acerbe de Dany, Nick déposa le colis d'objets précieux au fond du trou qu'il venait de creuser, le reboucha, et replaça méticuleusement le carré de mousse. Il était impossible de distinguer l'endroit par rapport au reste du terrain.

— Voilà. Ça devrait aller.

— Et si on ne peut plus les retrouver?

— D'après la position que j'ai relevée avant que les choses se gâtent, je sais pour ainsi dire exactement où nous sommes. Sinon, dans une centaine d'années peut-être, des autochtones les découvriront et se demanderont par quel miracle les objets de leur culte se retrouvent sous terre, loin de leurs temples et de toute trace de civilisation.

— Tiens! Vous philosophez, maintenant?

— Ça vous étonne?

Il alla ranger la pelle dans l'avion et en ressortit avec la machette.

— A présent, un peu de camouflage. Apportez-moi ça ici, s'il vous plaît.

Il désignait du doigt un amas de palmes séchées. Et, sans prêter davantage attention à sa compagne, il retira son polo et commença à couper des branches basses.

Dany accomplit sa tâche sans rechigner puis se passa la main sur le front. Dix minutes de travail, et elle était en sueur! Si seulement elle pouvait, elle aussi, retirer sa chemise! La jeune femme lança un coup d'œil envieux au dos musclé et bronzé de Nick, qui se courbait et se redressait régulièrement au rythme de la machette. Un trouble étrange l'envahit.

Nick mit un terme brutal à sa contemplation en jetant à ses pieds un amas de branches. A deux, ils les hissèrent sur le toit de l'avion, puis en disposèrent tout autour de l'appareil, de manière à ce que, d'en haut, il devienne parfaitement invisible.

Il remonta dans le Lockheed, dont il émergea une seconde plus tard en portant un sac à dos improvisé avec un sac de toile et de la ficelle. La couverture, soigneusement enroulée, était attachée au sommet.

— Vous croyez que vous pourrez porter ça?

Dany s'empara du sac et le laissa retomber aussitôt à ses pieds. Par tous les saints! Ça pesait au moins une tonne! Puis, consciente du regard moqueur qui l'observait, elle reprit le sac sans mot dire et l'ajusta tant bien que mal sur son dos.

Déjà, Nick ficelait sa propre charge, à l'évidence beaucoup plus lourde que celle de la jeune femme, et la lançait sur ses épaules sans manifester la moindre gêne. Puis il s'éloigna dans la clairière. Dany, vacillante, marchait lentement derrière.

Comme, avant de s'enfoncer dans les sous-bois, il lui lançait un regard impatient, elle ne put résister.

— Je suppose que vous préférez voyager seul? demanda-t-elle en lui lançant un regard de défi à travers les mèches de cheveux qui retombaient sur son front.

— Ça va de soi, mon cœur! Pas de charge, pas de soucis. Un homme se débrouille toujours mille fois mieux sans femme. Quand il s'agit de choses sérieuses, en tout cas.

Et, lui tournant le dos, il saisit sa machette et plongea dans les profondeurs glauques de la forêt.

# 5.

— Stop!

Nick s'arrêta si brusquement que Dany qui, la tête courbée sous le poids de son chargement, luttait depuis deux heures pour ne pas se faire distancer, le heurta violemment. Elle recula aussitôt en marmonnant une excuse.

Son compagnon se débarrassa de son sac et se frotta les épaules, bientôt imité par Dany.

— Le cou, ça va?

— Oui.

Elle était trop épuisée pour en dire plus.

Il la regarda à peine.

— Bien. Attendez-moi ici. On dirait qu'il y a de l'eau quelque part.

Quand il eut disparu dans l'épaisseur de la végétation, les jambes de Dany firent ce qu'elles menaçaient depuis le début de l'après-midi. Elles se liquéfièrent sous elle, et la jeune femme s'effondra sur un tas de fougères, où elle s'étendit de tout son long. Juste devant son nez, une escadrille de papillons aux ailes de saphir dansait dans un rayon de soleil. A quelques mètres, deux minuscules colibris, pareils à deux gouttes de vif-argent, plongeaient dans le vase écarlate des fleurs d'hibiscus, dont ils buvaient le nectar jaune. Partout autour de la jeune femme, la vie abondait en intenses vibrations colorées, en fourmillements de mouvement et de bruit. Des courants d'énergie traversaient l'atmosphère, faisant palpiter l'air d'un rythme sourd et presque terrifiant.

— Allez ! Debout !

Tirée brutalement de sa rêverie, Dany redressa la tête et vit Nick debout devant elle, les jambes écartées. Cet homme était chargé de la même énergie que cette nature primitive, songea-t-elle. Et c'est pour ça qu'elle le craignait, comme elle avait peur de la forêt.

Elle se releva lentement.

— Nous partons ?

Nick leva un sourcil interrogateur.

— C'est ce que vous voulez ?

Dany aurait désespérément voulu paraître enthousiaste à la perspective d'une autre étape, mais son « Bien sûr », sortit comme un faible croassement.

Nick eut un demi-sourire puis, prenant le sac de la jeune femme et le sien, il s'enfonça de nouveau entre les arbres.

Dany le suivit sans mot dire. Un bruit de cascade s'amplifiait de seconde en seconde. Quand ils eurent traversé un bosquet de bambous géants, ils débouchèrent dans une immense clairière tapissée d'une herbe presque bleue. Alors, Dany ouvrit la bouche, émerveillée. Juste en face d'eux, une immense chute d'eau tombait d'une falaise blanche comme du lait. L'origine s'en perdait dans les frondaisons émeraude. En contrebas un bassin circulaire recueillait l'eau qui s'écoulait ensuite en un ruisseau paresseux à travers la prairie. Un fin brouillard était suspendu dans l'air tiède et, autour du bassin, poussaient avec exubérance des buissons de rhododendrons multicolores et des fougères immenses.

Tout près d'eux un immense stephanotis courbait

ses branches lourdes de bouquets de fleurs blanches dont le parfum entêtant formait comme une aura invisible et enivrante.

— Oh, Nick ! Quel endroit merveilleux !

Dany pivota sur elle-même, un sourire éclatant aux lèvres, et rencontra le regard de son compagnon, chargé d'une telle intensité que les nerfs de la jeune femme vibrèrent douloureusement. Le temps d'un battement de cœur, on aurait dit que quelque chose de dangereux, comme un serpent lové entre eux, avait légèrement bougé. Une fraction de seconde plus tard, le visage de Nick était redevenu parfaitement impassible.

— Vous approuvez le site de notre campement ?

— Oh, oui ! Quelle bonne idée, répondit Dany d'une voix qu'elle s'efforça de rendre aussi calme que celle de Nick.

Une lueur moqueuse traversa les yeux verts.

— Parfait. Les Devlin mettent toujours un point d'honneur à donner entière satisfaction.

Lui tournant le dos, il sortit de sa poche un petit couteau dont le manche recelait un ouvre-boîtes et le lui tendit.

— Ouvrez ce que vous voulez. Nous mangerons froid. Je ne veux pas prendre le risque de faire du feu. On pourrait encore nous repérer.

— Vous voulez manger maintenant ? Mais... j'ai besoin de me laver !

Les yeux de Dany glissèrent avec envie vers le bassin d'eau verte et limpide.

Nick étouffa un juron.

— Ça ne va pas recommencer ? Vous pourrez barboter là-dedans toute la nuit si vous voulez, mais pour le moment, je veux manger. Ça fait des heures qu'on marche et j'ai faim. Si vous voulez tenir le coup, avec un pareil climat, il est impératif de se nourrir correctement.

— C'est pour ça qu'à midi, vous m'avez à peine laissée cueillir deux ou trois fruits à ce drôle d'arbre.

— Par cette chaleur, on ne marche pas bien l'estomac chargé de boîtes de conserve. Et j'ai noté avec satisfaction que vous commencez à obéir. Vous êtes venue tout de suite quand je vous ai appelée.

— Oh, espèce de…

Dany, le couteau en avant comme si elle voulait transpercer son adversaire, se précipita vers son sac et se mit à fouiller dans les provisions, s'efforçant désespérément d'oublier son compagnon. Malgré tout, du coin de l'œil, elle apercevait une paire de longues jambes, toujours solidement plantées dans l'herbe épaisse. Et quand elle leva les yeux, elle crut surprendre un petit sourire sur ses lèvres pleines.

— Dites-moi, ne put-elle s'empêcher de demander. Vous haïssez toutes les femmes en général, ou bien est-ce moi particulièrement ?

— Vous vous méprenez… J'aime toutes les femmes… Du moment qu'elles savent rester à leur place.

Dany se mit à éventrer sauvagement une boîte de spaghettis à la bolognaise.

— C'est-à-dire dans la cuisine, évidemment, grinça-t-elle entre ses dents serrées. J'aurais dû m'en douter, vous en êtes resté à l'époque des cavernes. Typiquement masculin. Mais vous retardez, vous savez… La libération de la femme…

Un petit rire sarcastique l'arrêta net.

— Oui, je sais… Mais ce n'est pas à la cuisine que je pensais. Il y a dans la maison un autre endroit très intéressant pour un homme « typique », comme vous dites.

Dany s'apprêtait à répliquer vertement quand elle surprit le regard expressif de Nick sur ses courbes pleines largement révélées par l'étroitesse de son short. Rouge de confusion, elle regarda de nouveau dans son sac, et entendit son compagnon s'éloigner en riant.

Quand il revint, elle avait disposé deux pierres plates sur l'herbe, au bord du bassin, et au milieu trônait la boîte de spaghettis avec deux cuillères plantées dedans. Nick avait les mains remplies de petits fruits rosâtres.

Dany, dont la rancune ne durait jamais longtemps, lui sourit.

— Désolée! Il n'y a pas de nappe.

Nick lui décocha un sourire qui révéla des dents de carnassier et posa les fruits dans l'herbe.

— Ça ressemble à des litchis et ça n'a pas beaucoup de goût, mais avec un peu d'alcool...

Il sortit la bouteille de rhum qu'il posa au milieu des pierres.

Ils entamèrent les spaghettis avec bon appétit. Puis Nick commença à peler les fruits. Comme Dany le regardait, la bouche entrouverte, il en déposa un doucement entre ses lèvres. Surprise, mais obéissante, la jeune femme le dégusta lentement.

— C'est bon... Mais ce n'est pas mon fruit préféré. Parlez-moi plutôt d'ananas frais... ou de mangue. Hmmm... cette chair douce et parfumée... Et le jus... on dirait du miel crémeux...

Elle ferma les yeux avant d'ajouter dans un souffle :

— Je serais capable de faire comme les abeilles : je me noierais volontiers dedans.

Nick l'observait, l'air sérieux.

— Eh bien, mademoiselle Trent... contre toute attente, vous êtes une jeune personne très sensuelle.

Ouvrant brusquement les yeux, Dany dévisagea son compagnon. Elle n'avait aucune idée précise de ce que ce mot pouvait signifier, mais si Nick croyait lui faire un compliment, c'était certainement quelque chose de déplacé.

Mais il poursuivait d'une voix douce, insidieuse :

— Et cette description ressemble tout à fait à la Danièle Trent que je commence à connaître : peau blanche et douce à l'extérieur et miel parfumé à l'intérieur...

— Oh !

Dany se pencha brusquement en avant, ses cheveux formant un écran devant son visage.

— Nick ! J'aimerais que vous ne disiez plus jamais des choses pareilles.

— Mais pourquoi ? demanda-t-il d'une voix qui se durcit soudain. Ah ! A cause du brave Marcus, naturellement !

— Non... Ou plutôt, oui.

Mais ce n'était pas à cause de Marcus. Au sein de cette nature luxuriante, Dany avait l'impression que ses sens s'étaient curieusement aiguisés. Et, en compagnie d'un homme aussi imprévisible que Nick, son instinct lui disait que tout pouvait arriver. Mais le pire était qu'elle avait également peur de ses propres réactions. Il ne fallait surtout pas lui laisser soupçonner son émoi.

Elle se remit sur ses pieds avec une petite grimace.

— En parlant d'odeur, je ne dois pas sentir très bon en ce moment. Je vais me baigner... si vous n'y voyez pas d'inconvénient, naturellement.

Ces derniers mots furent prononcés avec un air de fausse soumission dont son interlocuteur ne fut pas dupe.

— Pas d'objection, affirma-t-il avec un demi-sourire. Et pour vous assurer toute la tranquillité désirée, je vais même faire une petite sieste tardive à l'ombre de ces buissons, là-bas.

Il indiqua du doigt une touffe de palétuviers et, joignant le geste à la parole, s'éloigna à grands pas.

Dany rangea soigneusement les reliefs du repas,

puis, comme hypnotisée, s'approcha lentement du cercle d'eau turquoise qui brillait sous le soleil encore chaud de cette fin d'après-midi. S'agenouillant sur l'herbe épaisse, elle trempa sa main dans l'onde. Une sensation fraîche, vivifiante, remonta jusqu'à son poignet, lui arrachant un petit cri de plaisir. Alors, incapable de résister plus longtemps à l'attrait de cette profondeur purifiante, la jeune femme retira en un tournemain son short, sa chemise et ses tennis. Un instant, elle considéra pensivement le petit bijou d'or qui faisait une tache sur sa peau laiteuse, puis le retirant avec précaution, elle le posa dans l'herbe, non sans s'être étonnée une fois de plus de l'expression énigmatique du jaguar aux yeux d'émeraude.

L'eau se referma sur son corps comme un rideau de soie. Sa surface était constellée de centaines de fleurs, et Dany s'amusa à les recueillir dans ses mains, écrasant doucement leurs pétales pour s'enivrer de leur parfum.

Puis elle se mit à parcourir toute la longueur du bassin d'une brasse lente et régulière, jusqu'à la cascade. Elle resta un long moment appuyée contre la roche, laissant l'eau éclabousser ses épaules, sa poitrine et son ventre avec une énergie bienfaisante. Et, le visage levé vers le soleil, elle se mit à rire, d'une joie naturelle et spontanée.

Mais soudain, son rire se figea dans sa gorge. Nick était debout, sur l'autre rive, et il la regardait.

Se laissant aussitôt glisser dans la profondeur du bassin, Dany cria :

— Allez-vous-en!

— J'avais pensé que vous auriez peut-être besoin de ça!

Il tenait quelque chose en l'air et, les yeux mi-clos pour mieux voir, Dany crut reconnaître...

— Du savon! Oh, Nick, où l'avez-vous trouvé?

— Dans l'avion, alors que vous n'aviez d'yeux que pour le trésor des Incas ! Vous voulez que je vous lave le dos ? Il paraît que j'ai un doigté particulièrement agréable...

— Non, partez !

Dany jeta à l'intrus un regard lourd de reproche. Pourquoi fallait-il qu'il vienne tout gâcher ?

— Comme vous voudrez.

Nick posa le savon sur l'herbe puis, sous l'œil ébahi de la jeune femme, fit passer son polo par-dessus sa tête.

— Vous pourrez vous essuyer avec ça. Je regrette vraiment de ne pas avoir un bon drap de bain. Je vous aurais enveloppée dedans et...

Sa voix avait pris une nuance rauque et mélodieuse qui arracha à Dany un frisson involontaire. Elle avala sa salive.

— Merci. Mais je pourrai me servir de ma chemise.

— Puisque je vous ai dit que vous pouviez prendre ça, insista son compagnon en poussant le polo du bout de sa chaussure. Ensuite, vous pourrez le laver. Ça ne lui fera pas de mal.

Décidément, il ne manquait pas de culot ! Il était capable de faire sa lessive tout seul ! Si elle n'y mettait pas bon ordre tout de suite, ce diable d'homme se croirait bientôt tout permis.

— S'il vous plaît ! grommela-t-elle entre ses dents.

Et comme Nick levait un sourcil interrogateur, la jeune femme précisa :

— « S'il vous plaît, Dany, pouvez-vous me laver mon T-shirt ? »

— Hum... J'avais une ou deux choses à faire dans les parages avant la nuit, notamment vérifier qu'il n'y ait pas de pistes de jaguars. Mais tant pis, je peux très bien faire ma petite lessive à la place.

— D'accord, d'accord, murmura Dany.

Puis comme il tournait les talons, elle ajouta en hurlant à l'intention du dos qui s'éloignait :

— Mais il ne faudrait pas que ça devienne une habitude !

Quand il revint, la machette dans une main, de longues branches taillées en forme de pieu à l'extrémité, Dany avait remis son short et habilement drapé la couverture de coton autour de ses épaules. Elle était en train d'étendre leur linge sur l'herbe de la clairière. En entendant le bruit de pas, elle se redressa et poussa aussitôt un petit cri de douleur.

— Vous vous êtes fait mal?

Dany fit une légère grimace.

— Je crois que j'ai une ampoule au pied. L'eau m'a fait du bien mais maintenant que c'est sec...

— Faites-moi voir!

— Non, non, ça ira.

Elle voulut passer devant Nick mais il la retint par le bras et la força à s'asseoir.

— Quel pied?

Comme Dany lui répondait d'un signe de tête, Nick souleva le pied blessé; mais à peine l'avait-il examiné qu'il poussait une exclamation horrifiée. Dany baissa les yeux et aperçut une large plaie enflée à son talon. Anesthésiée par la fatigue, elle n'avait pas eu conscience de la blessure pendant des heures. Mais la douleur se réveillait maintenant en lentes pulsations lancinantes, et quand Nick effleura la plaie d'un doigt léger, les larmes lui montèrent aux yeux.

— Excusez-moi!

Nick écrasa les larmes qui perlaient au bord des cils épais avec son pouce. Puis il sourit.

— Quelle curieuse petite fille vous faites! Quand

nous sommes partis, ce matin, pendant deux heures vous n'avez pas arrêté de geindre à cause des moustiques, jusqu'à ce que je trouve ce produit miracle, dans la boîte à pharmacie. Et les glapissements de ce singe, au détour d'un bananier, vous ont presque fait perdre la tête. Mais vous avez supporté ça toute la journée sans vous plaindre... Quelle idée aussi de chausser des tennis pour visiter l'Amérique du Sud!

Il avait l'air en colère et, pour détendre l'atmosphère, Dany plaisanta.

— Et qu'auriez-vous fait, si je vous l'avais dit? Vous m'auriez portée sur vos épaules?

— Si nécessaire, oui. Ne bougez pas.

Nick alla chercher dans son sac de la pommade antiseptique, du coton et une bande de gaze. Et la jeune femme le regarda panser son pied blessé, fascinée par l'adresse de ses longs doigts brunis au soleil.

Ses cheveux étaient retombés sur son front et il les repoussa d'un revers de main impatient. Il semblait soudain las, épuisé même. Ses traits s'étaient creusés et sa bouche ne formait plus qu'une ligne dure. Tout à coup, Dany éprouva l'envie de toucher ce visage crispé, de sentir les muscles se détendre un à un sous ses caresses.

Les longs cils noirs frémirent, et le beau regard vert plongea dans le sien. Un bref instant, les bruits de la forêt s'évanouirent, et le serpent aux anneaux repliés, cet étrange serpent qui semblait sommeiller entre eux, dans un espace invisible, recommença à bouger et à siffler doucement. Puis, tout aussi soudainement, le charme se rompit dans le crépuscule doré et Nick se remit sur ses pieds.

— Voilà, ça devrait aller.

Il replia le couteau d'un geste sec et l'accrocha à sa ceinture.

— Merci, murmura Dany d'une voix qui tremblait légèrement.

— Nous verrons comment ça aura évolué demain matin. S'il le faut, nous pourrons rester ici toute la journée.

— Non! protesta Dany. Nous ne devons pas prendre de retard! Si les contrebandiers...

Mais elle savait, tout au fond d'elle-même, que ce qu'elle craignait le plus, c'était de prolonger ce tête-à-tête troublant avec Nick Devlin.

Elle enfila ses tennis, non sans contorsions et petites grimaces de douleur, puis se remit debout à son tour. Pendant que Nick s'occupait de son pied, le crépuscule était descendu sur la forêt, dessinant de longues ombres violettes sur le bassin d'eau claire.

Nick ramassa leurs vêtements et les tâta.

— Vous ne pouvez pas remettre votre chemise, elle est encore humide. Par contre, mon polo est presque sec. Vous le prendrez pour cette nuit.

— Mais, et vous?

Nick lui adressa un sourire moqueur.

— Ne vous inquiétez pas pour moi. Je dors toujours... sans vêtements.

— Oh! Je vois...

Le sourire s'accentua.

— Naturellement, étant donné notre... intimité un peu soudaine, je ferai peut-être un compromis.

— Ah?

— Je garderai mon jean.

Le polo atterrit aux pieds de la jeune femme.

— Alors, enfilez ça pendant que je trouve un coin pour installer notre campement.

Nick arpenta le terrain pendant un instant puis, jetant son dévolu sur une plate-forme herbeuse au bord du torrent, il commença à planter les pieux qu'il avait taillés sur deux lignes parallèles. A une extrémité, c'était l'eau qui courait rapidement sur l'herbe, tandis qu'un épais fourré d'hibiscus protégeait l'autre extrémité. Puis il ramassa de larges feuilles de bananier qu'il jeta sur le sol, en guise de matelas.

— Votre suite est prête, madame.

Et, avant que la jeune femme ait pu protester, il la souleva dans ses bras et la transporta de l'autre côté du torrent. Puis il la posa doucement sur l'épaisse couche de feuilles.

— Bonne nuit, murmura-t-il.

Le visage de Nick, penché vers celui de la jeune femme, se détachait sur le ciel indigo, et ses yeux brillaient d'un éclat presque tendre.

Dany ouvrit de grands yeux interdits.

— Mais, où allez-vous?

— Pas bien loin. Je vais tâter de ce gros arbre, là-bas. Même à l'état brut, le bois d'acajou est très confortable. Et j'ai connu pire...

Ses yeux brillèrent dans la pénombre.

— Faites-moi penser un jour à vous raconter la nuit mémorable que j'ai passée dans un motel sordide de Carthagène. La version censurée, bien sûr.

Dany se racla la gorge.

— Vous... vous pouvez dormir à côté de moi, vous savez. Enfin, je veux dire... Nous pouvons partager la même couverture. Après tout, j'ai déjà emprunté votre chemise, et les nuits sont fraîches...

Pour toute réponse, Nick se contenta de hausser les épaules.

Affolée à la perspective de passer toute une nuit à épier les bruits de la forêt, dans la hantise de sentir sur elle le souffle du jaguar, Dany insista, d'une voix plus aiguë :

— Pourquoi pas? Je ne vois pas où est le problème.

De toute façon, je ne vous plais même pas! C'est vous qui l'avez dit!

— Mon petit cœur, que vous me plaisiez ou non n'a rien à voir! Je ne suis qu'un homme, après tout.

— Oh!

A ces mots, Dany se sentit frémir. Un émoi trouble commençait à sourdre dans ses veines. Elle reprit d'une voix rauque :

— Si...

Elle s'éclaircit la gorge avant de poursuivre :

— Si vous ne dormez pas ici, moi non plus.

Nick la gratifia d'un long regard méditatif.

— Bon... Si vous voulez. Mais nous ferions peut-être mieux de mettre la machette entre nous. Je me souviens d'une vieille légende celte : une jeune vierge avait pu partager sans déshonneur la couche d'un preux chevalier grâce à une épée nue couchée entre eux. Cette épée était le gage de leur chasteté. Et je suppose que vous avez bien l'intention de rester chaste pour le bon vieux Marcus, n'est-ce pas?

Dany serra les lèvres. Pourquoi fallait-il qu'il invoque sans cesse le nom de Marcus!

— Ne vous inquiétez pas pour moi, monsieur Devlin. Ce que je préfère dans les hommes que je choisis, c'est que ce sont de vrais hommes...

Nick eut un rire très bas.

— Attention, mademoiselle Trent! Ceci ressemble tout à fait à une provocation.

— Vraiment? Ce n'en était pourtant pas une.

— Me voilà rassuré. Ne m'attendez pas pour dormir. Je vais me baigner.

Sans se faire prier, Dany rampa sur le tapis de feuillage et se blottit sous la couverture. Dans les ténèbres qui recouvraient maintenant la forêt, ses sens aiguisés perçurent les légers bruits que faisait son compagnon en se déshabillant. Il y eut quelques éclaboussements, suivis d'un long silence pendant lequel elle imagina Nick fendant silencieusement l'eau sombre.

Quelques minutes plus tard, elle l'entendit sortir de l'eau et, involontairement, Dany fut envahie par une autre image de Nick, celle de son corps nu sortant triomphalement du fleuve, la veille. Elle serra les paupières, s'efforçant frénétiquement de chasser ce souvenir de son cerveau agité et de le remplacer par le souriant et paisible visage de Marcus. Mais Marcus n'était qu'un puzzle dont elle ne parvenait plus à assembler les fragments.

Paniquée, elle essaya de toutes ses forces de tirer le visage de son fiancé du trou noir dans lequel elle le voyait s'enfoncer. Mais un nouveau bruit lui fit rouvrir les yeux et elle aperçut la haute silhouette de Nick qui se penchait pour s'allonger à côté d'elle.

— Vous avez assez de couverture? demanda-t-il d'une voix parfaitement neutre.

— Oui.

— Alors, bonne nuit.

Et Dany sentit le grand corps masculin rouler sur un côté puis s'immobiliser.

Elle bâilla, sentant la tension décroître lentement. Puis elle huma l'air à plusieurs reprises. Dans la tiédeur de la nuit, un parfum entêtant s'insinuait jusque dans leur repaire, les encerclant lentement de sa lourdeur capiteuse.

— Oh! Les stephanotis! murmura-t-elle.

Elle respira encore et ce fut comme si les molécules du précieux parfum pénétraient jusque dans ses veines.

— Mmm... J'adore ce parfum. J'avais un pot de stephanotis dans mon salon, l'hiver dernier. Il embaumait toute la pièce.

— Sent-il toujours aussi bon? murmura la voix de Nick.

— Je l'ignore. J'ai dû le donner à une amie.

— Pourquoi, puisque vous l'aimiez tant ?

Dany expliqua d'un ton réticent :

— Marcus n'aimait pas cette odeur. Ça lui donnait la migraine...

— Ah !

Nick ne dit rien de plus mais cette exclamation était si riche de sens qu'elle atteignit son but comme une flèche. Dany prit sur-le-champ la défense de son fiancé.

— Ça n'a rien d'extraordinaire ! Il y a bien des gens qui sont allergiques aux fraises.

— C'est vrai, répéta la voix de Nick, parfaitement plate.

— Et grand-père dit toujours... Oh, mon Dieu ! Grand-père ! Pensez-vous qu'il sache déjà que nous avons disparu ?

Dans sa soudaine agitation, la jeune femme se redressa brusquement et Nick se retourna vers elle.

— Non, je ne pense pas...

— Mais si jamais il l'apprend, il va être mort d'inquiétude !

Une main se referma sur la sienne.

— Je suis sûr que cette ordure de Somers ne donnera pas l'alerte. Il aurait bien trop peur que les sauveteurs ne tombent sur l'avion avant lui. Si j'ai bien compris la psychologie du personnage, il aura raconté que nous avions rejoint un autre groupe. Au moment où je vous parle, je l'imagine parfaitement en train de faire des gorges chaudes sur une petite idylle entre nous.

— Entre moi et le gentil M. James, vous voulez dire ?

Nick eut un petit rire de gorge.

— Si vous voulez. Comme vous le savez, ce M. James a des ressources insoupçonnées.

Dany lui fit écho avec un rire tremblant.

— C'est le moins qu'on puisse dire.

— Mais rassurez-vous, Dany. Si Tom finit par apprendre notre disparition, il ne sera pas trop inquiet. Il sait que vous êtes avec moi. Donc, en sécurité.

En sécurité ! De sa main libre, Dany étreignit le petit jaguar qui pesait au creux de sa poitrine. Le mot « sécurité » ne correspondait pas exactement à l'image qu'elle avait de Nick Devlin. C'était un homme courageux, certes. Mais aussi imprévisible, et vibrant d'une énergie qui la mettait inexplicablement mal à l'aise. Il émanait de toute sa personne une troublante sensation de force indomptable.

Furtivement, la jeune femme retira sa main de celle de son compagnon et resta étendue dans l'obscurité, raide comme une statue de pierre. Elle demeura un long moment éveillée, contemplant sans ciller l'espace clouté de millions d'étoiles. Le bruit calme de la respiration de l'homme qui dormait à côté d'elle la berçait doucement.

Elle s'était baignée dans le bassin. Maintenant, elle était étendue sur la rive, nue. Son corps tremblait d'une peur primitive. Car, quelque part dans les ténèbres de la forêt tropicale, un être mystérieux rôdait. Un prédateur, un félin. La jeune femme savait qu'il était vital de rester à découvert, mais, inexorablement, elle était attirée vers le couvert des arbres. Elle trébucha soudain sur une racine et tomba lourdement sur le sol, perdant à moitié conscience.

C'est alors qu'elle l'entendit, juste derrière elle : un feulement rauque, très lent. Et quand elle redressa péniblement la tête, les yeux au ras du sol, elle vit, trottinant silencieusement sur de grosses pattes fourrées, une longue panthère noire. Incapable de faire un geste, elle regarda l'animal s'avancer jusqu'à elle, se pencher pour la flairer, et elle sentit le souffle chaud sur sa joue.

Le regard de la jeune femme plongea dans des yeux d'un vert profond, couleur de jade.

Puis l'image commença à se troubler, et le fauve se transforma en masque d'or, qui s'effaça à son tour pour prendre les traits d'un homme. Et ce furent des mains d'homme qui cette fois se mirent à courir sur son corps, le caressant avec une savante lenteur, suscitant en elle d'étranges réponses, des désirs sauvages aussitôt satisfaits. Elle gémissait et se tordait sous ces mains audacieuses, chaque atome de son corps s'enflammant d'un plaisir qui menaçait de la consumer tout entière.

Un corps lourd s'abattit tout à coup sur elle et elle tourna frénétiquement la tête de droite à gauche, de gauche à droite, la bouche ouverte pour recouvrer son souffle. Alors, elle poussa un grand cri...

— Dany!

Une voix criait à son oreille, la tirant petit à petit du tourbillon de ténèbres effrayantes où elle se sentait sombrer. La jeune femme résista avec force, mais des mains la secouèrent durement et elle ouvrit enfin les yeux. Mais dans la demi-pénombre, elle n'entrevit qu'une forme penchée sur elle, et le même visage que dans son rêve. Alors, elle se débattit pour se libérer.

— Dany! Calmez-vous!

Cette fois, elle émergea complètement du sommeil. Elle était encore secouée de violents tremblements et son corps était couvert de sueur.

— Nick! Oh, Nick!

La main devant sa bouche, Dany se mit à pleurer, avec de gros sanglots qui lui secouaient douloureusement la poitrine.

— Petite fille! Non, ne pleurez pas!

La prenant doucement dans ses bras, Nick se mit à lui caresser les cheveux et, après un ultime effort pour se libérer, Dany s'abandonna contre son torse nu.

— C'était un cauchemar?

— O-o-oui.

— Vous avez envie d'en parler?

Dany se rétracta, horrifiée.

— Oh, non! C'était complètement stupide.

— Au sujet de cette maudite forêt?

— Oui. Ça commence à me taper sur les nerfs!

— Il ne faut pas vous laisser faire, mon cœur. Vous n'êtes pas la première à qui ça arrive. Mais je vous le promets : je vous sortirai de là. D'accord?

Dany opina du chef, incapable de rencontrer le regard franc de son compagnon. D'une main légère, il écarta doucement une mèche de cheveux qui collait à la joue moite de la jeune femme et la glissa derrière son oreille. Ses doigts restèrent posés là un instant puis il la libéra tout à coup.

— L'aube se lève. Il faut partir.

Sa voix avait repris sa sécheresse habituelle.

— Déjà?

— Oui. Plus tôt nous partirons, mieux ce sera. Au cas où vous ne l'auriez pas remarqué, je suis aussi pressé que vous de quitter cet endroit.

Repoussant la couverture d'un geste vif, il se glissa hors de leur couche improvisée.

Dany l'imita avec réticence, mais quand elle se redressa, elle poussa un cri émerveillé. Hier, elle était trop épuisée pour s'attarder sur la beauté du paysage, mais maintenant son regard portait plus loin : leur campement était situé sur une pente douce qui s'achevait sur une brusque rupture de terrain. Au loin s'étendait une large vallée plantée de myosotis et plus loin encore l'horizon était barré, une fois de plus, par la ligne verte de la forêt. Tout le paysage baignait dans une tendre lumière abricot.

La jeune femme adressa à Nick un sourire lumineux.

— Quel endroit merveilleux !

Un sourire étira les lèvres de son compagnon.

— Je croyais que la forêt amazonienne n'était finalement pas votre tasse de thé, mon petit cœur ? Quoi qu'il en soit, profitez-en pleinement car à midi, j'espère bien que nous serons de l'autre côté de cette plaine.

Pivotant sur ses talons, il s'agenouilla au bord du bassin et commença à s'asperger vigoureusement d'eau fraîche, comme pour apaiser on ne sait quel démon intérieur.

Lentement, Dany s'agenouilla à côté de lui pour l'imiter, mais, se remettant aussitôt sur ses pieds, il se dirigea vers les sacs à dos.

— Qu'est-ce que vous voulez pour votre petit déjeuner ? Encore des boulettes de riz ?

Dany fit une grimace.

— Non, merci.

— Alors, ce sera des spaghettis. Avec un peu d'imagination, vous pouvez toujours croire que ce sont des œufs au bacon. Avec un bon café noir et des fruits frais... Oh ! Seigneur, voilà que j'ai des hallucinations, moi aussi.

Nick se frotta le menton du dos de la main et grommela encore :

— Bon sang, quelle barbe !

Puis, recouvrant soudain toute sa bonne humeur, il décocha un sourire désarmant à Dany dont le cœur s'emballa.

— Je... je crois que j'ai vu un rasoir dans la trousse de secours.

Elle se leva pour fouiller dans la caissette blanche, profitant de ce laps de temps pour se ressaisir. Qu'est-ce qui lui arrivait ? D'abord, ce cauchemar — jamais elle n'avait fait de rêves semblables jusqu'à ce jour. Et maintenant ce trouble qui lui faisait perdre tous ses moyens. Simplement parce que Nick Devlin lui avait souri ! « Mais, précisa une petite voix intérieure, cet homme rassemble tout ce que tu détestes : il est arrogant, borné, instable. » Et pourtant, ce bref instant où il avait souri, ses yeux verts remplis d'une gaieté inattendue, Dany s'était sentie vibrer d'une étrange émotion.

— C'est ça ?

La voix de Nick retentit juste derrière le dos de la jeune femme. Et, baissant les yeux, elle s'aperçut qu'elle serrait dans son poing un minuscule rasoir.

— Oui.

Elle tendit l'objet à son compagnon sans le regarder.

— Merci. Pendant que je me rase, vous pouvez peut-être commencer à préparer le repas... S'il vous plaît ! Après, je jetterai un coup d'œil à votre talon et nous pourrons partir.

# 6.

Ils marchèrent toute la journée, avançant laborieusement dans le sous-bois sombre et moite. Dany boitait de plus en plus mais ne disait rien. Vers le milieu du jour, ils s'étaient à peine arrêtés pour se restaurer avec quelques baies et des fruits inconnus que Nick choisissait sur les arbres. Puis son compagnon avait accéléré l'allure, semblant l'oublier, et la jeune femme avait continué en serrant les dents.

Ils franchissaient un passage particulièrement délicat, le sol étant maintenant constitué de mousse profonde et de racines entrelacées. Et, soudain, elle se sentit happée par une main invisible. Sa jambe s'enfonça jusqu'à mi-mollet dans un trou qui était brusquement apparu dans le fouillis de la végétation. Le hurlement de douleur qu'elle poussa arrêta net son compagnon.

D'un coup d'œil, il eut jaugé la situation. Hissant doucement Dany, il parvint à libérer sa jambe prisonnière. Alors Dany poussa un nouveau hurlement, d'horreur et de dégoût, cette fois. Sur sa jambe écorchée, un long ruban de fourmis rouges étaient déjà à l'ouvrage.

De ses mains habiles, Nick palpa la jambe malade.

— Rien de cassé ! Vous êtes tombée dans une fourmilière et ces bêtes-là ne plaisantent pas. Il faut trouver de l'eau pour les noyer. Puis je désinfecterai la plaie. Mais c'est très superficiel, heureusement.

Il n'y avait ni cours d'eau ni mare dans les environs et Nick dut verser toute leur réserve d'eau sur la jambe de la jeune femme avant que les fourmis condescendent à chercher une autre proie. Puis il nettoya soigneusement la blessure et fit asseoir Dany sur une haute et large souche d'arbre.

— Nous ne pouvons pas continuer à avancer aujourd'hui. Vous allez attendre ici pendant que je cherche un endroit pour passer la nuit.

Quand il fut parti, Dany, les bras stoïquement croisés, examina les alentours. Une compagnie d'oiseaux au plumage bariolé s'amusait à plonger du sommet invisible des arbres, dessinant dans l'air lourd des cercles multicolores. Dany se rappela la joie qu'elle avait eue, une fois, en apercevant dans la propriété de son grand-père un martin-pêcheur. L'oiseau fusait du ciel comme une flèche d'argent et, effleurant à peine la surface de l'étang, remontait avec un poisson qui se tordait au bout de son bec. Ici, c'était par dizaines que les plus belles espèces dansaient et chantaient. Seulement, elle n'était pas dans le jardin rassurant de son grand-père, mais dans une forêt inconnue et hostile. Seule!

Et soudain, le spectacle qu'elle admirait quelques minutes plus tôt lui parut inquiétant. Que faisait Nick? Pourquoi tardait-il tant à revenir? Et s'il lui était arrivé quelque chose? Après tout, les trafiquants pouvaient avoir retrouvé leur trace. Son malaise se mua aussitôt en une folle panique. Sautant à bas de l'arbre, Dany s'empara d'une grosse branche et, ignorant les élancements de douleur dans sa jambe, se mit à courir, éperdue, dans la direction que son compagnon avait prise. Les cheveux dans les yeux, elle voyait à peine devant elle et heurta violemment un large torse. Nick la saisit aux épaules et darda sur elle un regard plein de colère.

— Je vous avais dit de ne pas bouger, articula-t-il entre ses dents. Et si vous vous étiez perdue?

Il luttait visiblement pour ne pas perdre le contrôle de lui-même et Dany secoua frénétiquement la tête.

— Je... je commençais à m'inquiéter. Je pensais que peut-être les trafiquants...

La voix lui manqua et Nick considéra d'un œil ironique le bâton qu'elle tenait encore.

— Vous aviez donc l'intention de les prendre d'assaut avec cette arme imparable? Vous seriez soudain tombée du ciel, accrochée à une liane, tel un Tarzan de poche, pour venir à mon secours? C'est émouvant.

Piquée au vif, Dany rétorqua :

— Comptez sur moi la prochaine fois! Vous pourriez vous tordre de douleur dans les anneaux d'un boa constricteur que je ne bougerais pas le petit doigt! Bon débarras.

— Quel humour!

Lui arrachant le bâton, Nick le cassa en deux puis jeta les fragments au loin avec une moue dédaigneuse. Il ramassa ensuite son sac mais quand il voulut prendre celui de Dany, elle fit un pas en arrière.

— Merci. Je peux très bien me débrouiller toute seule.

Nick se mit en route avec un léger haussement d'épaules.

— Comme vous voudrez.

Au bout de dix minutes de marche, il s'arrêta et Dany, regardant dans la même direction que lui, aperçut l'angle d'un toit.

— Une maison? Ici, en pleine jungle?

Elle se retourna vers son compagnon, les yeux exorbités.

— Vous avez bien vu. C'est une *hacienda*.

— Et quelqu'un habite ici?

— Regardez bien.

Effectivement, en examinant le bâtiment plus attentivement, Dany voyait maintenant que la forêt avait repris possession des lieux. Une mousse verte recouvrait le toit et les murs de bois. Les grilles en fer forgé qui ouvraient la véranda étaient envahies de jasmin blanc et de branches de bougainvillées aux lourdes fleurs mauves. Le jardin, qui avait dû être entretenu autrefois, était redevenu une jungle miniature. Une profonde désolation régnait sur le lieu, communiquant à la jeune femme une vague tristesse. Involontairement, elle se rapprocha de Nick.

— La maison est complètement abandonnée?

— Oui. J'ai visité l'intérieur. Nous pourrons y passer la nuit. Vous aurez au moins un toit sur la tête et un puits d'eau propre et fraîche.

— Mais... les propriétaires? Sont-ils morts?

Nick eut un rire bref.

— Vous regardez trop la télévision. Non, rassurez-vous : pas de fantômes, ni de portes qui grincent. Je vous le promets.

— Mais pourquoi a-t-on construit cette maison dans un endroit pareil?

— Je crois me rappeler qu'il y a quelques années, le gouvernement a voulu encourager l'installation de plantations d'hévéas. De futurs barons du caoutchouc se sont vu attribuer de fortes subventions et de grandes pièces de terre « empruntées » à la forêt vierge. Mais le projet a échoué et la forêt est en train de reprendre le dessus. Nous avons certainement sous les yeux une de ces *haciendas*.

Il gravit les marches de la véranda, Dany sur les talons, et ils durent écarter les grappes de jasmin odorant pour ouvrir la porte. A l'intérieur, par contraste avec l'intense luminosité du dehors, il faisait très sombre.

Une odeur âcre de renfermé prit Dany à la gorge et, quand Nick se précipita pour ouvrir la fenêtre, elle respira avidement l'air parfumé du jardin. La pièce était vide, à l'exception de quelques meubles disparates et cassés : des fauteuils en rotin et un petit secrétaire d'acajou aux tiroirs béants.

La pièce attenante avait dû faire office de cuisine : il y avait encore une table de chêne au centre et des étagères sur les murs de crépi blanc. Une énorme cuisinière de fonte trônait dans le coin près de la fenêtre. Les deux visiteurs montèrent ensemble à l'étage, le bruit de leurs pas résonnant sur les marches de bois d'où s'élevait un nuage de poussière. Ils ouvrirent enfin la porte de la dernière pièce, à l'arrière de la maison. Et cette fois, lorsque Nick poussa les volets, ils distinguèrent, sous la lumière verte qui filtrait à travers les feuillages recouvrant la façade, une chambre complètement aménagée.

Un grand lit de cuivre occupait l'essentiel de l'espace. Nick le tâta d'une main experte, faisant voler des poussières bleues dans les rayons de soleil qui traversaient la chambre.

— Eh bien, constata-t-il, une lueur moqueuse dans les yeux, vous pourrez dormir cette nuit dans un lit de princesse. Il suffira de faire un peu de ménage.

Dany fit une petite moue.

— Ce doit être très humide.

Elle éternua violemment et le sourire de Nick s'élargit.

— Il y a encore au moins trois bonnes heures avant la tombée de la nuit. Le soleil va sécher tout ça.

Dany rajusta la couverture qu'elle avait nouée comme un sarong autour de son corps nu. Quand elle serait de retour à Londres, elle pourrait peut-être accrocher cette chère vieille chose au mur de son studio, en souvenir de son aventure. Dieu sait si elle lui était devenue vitale ces derniers jours!

Puis, rassemblant ses vêtements souillés par la transpiration et la poussière, elle se dirigea vers le cours d'eau qui courait dans l'herbe, au fond du jardin. Quelqu'un avait disposé des pierres plates sur la rive et c'était là sans doute que les femmes de la maison faisaient leur lessive. A l'évocation de ces habitants fantômes et de leurs rêves brisés, la gorge de Dany se noua. S'agenouillant, la jeune femme commença à faire sa lessive.

Ils avaient passé une nuit sereine et reposante, elle dans le lit de cuivre, et Nick sur un vieux canapé défoncé dans le salon. Quand elle lui avait souhaité une bonne nuit, il lui avait répondu d'un ton si revêche, que Dany, malgré sa peur d'une nuit solitaire dans cette étrange demeure, n'avait même pas osé lui proposer de partager sa chambre.

— Tiens! Bonne idée!

Dany, qui venait juste d'étendre son short et sa chemise sur un énorme buisson de poinsettias, se retourna en sursautant. Nick l'avait rejointe, portant une brassée de bois mort. Il posa soigneusement sa charge sur le sol.

— Vous pouvez aussi laver ça, pendant que vous y êtes.

Comme elle restait accroupie, médusée, il retira son polo trempé de sueur et le jeta à côté d'elle. Puis, lançant ses boots dans l'herbe, il enleva ses chaussettes qui rejoignirent le T-shirt. Et, avant que la jeune femme ait pu détourner son regard, il déboucla négligemment son ceinturon et fit glisser son jean le long de ses hanches étroites, révélant un ventre plat et hâlé. Le pouls de Dany s'accéléra brutalement tandis qu'une sourde clameur envahissait ses veines.

Elle se détourna et, plongeant le linge de son compagnon

d'infortune dans le lit du ruisseau, commença à le savonner avec de grands gestes rageurs. Quand elle l'entendit s'éloigner, elle jeta un regard furtif par-dessus son épaule et le vit qui s'en allait de sa démarche souple, nu comme un ver. Il sifflotait et, Dieu sait pourquoi, ce bruit agit sur les nerfs de Dany bien plus sûrement que ne l'aurait fait n'importe quelle démonstration de son humour décapant.

Quand elle se redressa enfin, massant son dos douloureux, Nick était toujours occupé à scier du bois. Mais il avait revêtu un vieux pantalon de jardinier, trouvé sans doute au fond d'un placard. Serrant la couverture sur son buste, elle récupéra le précieux morceau de savon qu'elle gardait enveloppé dans une feuille de bananier, au fond de son sac, et entreprit de remonter le cours d'eau.

— Ne vous éloignez pas!

Sans en avoir l'air, ce diable d'homme avait l'œil à tout!

— Oui, oui...

Dany longea le torrent qui dévalait la colline derrière l'*hacienda* et, en contrebas, découvrit un tuyau sans doute installé par les anciens habitants pour leur permettre de prendre des douches. Abandonnant sa couverture, Dany se laissa inonder par le flot vigoureux et tiède, puis savonna ses cheveux avec une énergie revigorante.

L'herbe était accueillante et douce à son corps fatigué par les efforts de ces derniers jours, et elle s'étendit avec un soupir de bonheur, regardant virevolter dans l'air bleu un nuage de papillons jaune safran. Au-dessus d'elle une branche d'hibiscus aux fleurs d'un rouge flamboyant se balançait mollement au gré de la brise. Pendant un moment, Dany suivit son lent mouvement de va-et-vient puis, comme hypnotisée, elle sentit ses paupières se faire lourdes, si lourdes...

— Rhabillez-vous!

La voix était brutale. Au même instant, une lourde masse atterrit sur son estomac. Les yeux de Dany papillonnèrent puis s'ouvrirent tout grands. Une ombre menaçante cachait le soleil. Se redressant vivement, la jeune femme plaqua les vêtements que Nick venait de lui lancer contre son corps nu.

Ses mains tremblaient violemment mais elle parvint, Dieu sait comment, à enfiler sa chemise. Celle-ci n'était malheureusement pas assez longue pour dissimuler ses cuisses nues. Non que Nick se permît de poser les yeux sur elle! Au contraire, il regardait partout, sauf dans sa direction. Un spasme douloureux lui fit monter les larmes aux yeux. Ils avaient partagé tant d'épreuves depuis quelques jours et pourtant, à l'évidence, il éprouvait toujours pour elle la même antipathie. Plus encore si c'était possible.

— Je... j'ai dû m'endormir, somnoler une minute ou deux...

— Une heure ou deux, vous voulez dire! C'est l'heure de déjeuner. J'ai réussi à prendre deux poissons... Si madame veut bien se mettre à table.

Il lui tourna le dos pour lui permettre de finir de s'habiller.

— Mon Dieu!

— Qu'y a-t-il, encore?

Dany fouillait l'herbe du regard.

— Ma bague! J'ai dû la perdre en prenant ma douche.

Eperdue, la jeune femme montra sa main gauche où ne brillait plus la bague de fiançailles offerte par Marcus.

Les lèvres tremblantes, elle regarda Nick examiner méticuleusement le lit de la cascade, tâtant à l'aveuglette entre les pierres et les algues. Il se redressa enfin, un anneau d'or entre le pouce et l'index. Sans un mot, il le lui tendit.

— Merci! Si je ne l'avais pas retrouvée...

— A votre place, je ne la remettrais pas au même doigt. Vous avez pas mal maigri, ces derniers jours.

— Oui, vous avez raison.

Enfilant au majeur l'anneau simplement orné d'une perle, elle tendit sa main à Nick pour lui montrer à quel point il avait raison.

Mais, contre toute attente, celui-ci haussa les épaules et se détourna avec une indifférence hostile.

— Et en plus, Marcus n'a même pas bon goût! s'exclama-t-il. Avec des yeux comme les vôtres, il aurait fallu une topaze, très grande, un peu claire... pas cette misérable petite chose.

Et, sans attendre la réponse de Dany, il tourna les talons et se dirigea vers la maison.

Dany acheva de se rhabiller, complètement médusée. Comment osait-il se moquer de sa bague de fiançailles? Il n'avait pas la moindre idée de ses goûts à elle. Et si Marcus avait choisi un bijou aussi classique, c'était justement parce qu'il trouvait vulgaire tout ce qui était voyant et ostentatoire. Il aimait que Dany porte des choses simples et d'une élégance discrète.

Sa main droite se referma sur sa bague dans un geste protecteur. Depuis ce matin terrifiant, il lui avait été impossible de rappeler clairement dans son esprit l'image de son fiancé. Et pourtant, elle avait plus que jamais besoin de se raccrocher à lui, comme à un talisman. Et une garantie de lui revenir.

Quand Dany poussa la porte de la cuisine, Nick avait vidé le poisson et mis le gril à chauffer. Il leva vers elle un regard insondable.

— J'ai trouvé ça dans les placards, dit-il en indiquant du menton un paquet de bougies roses posé sur le comptoir. Ça pourra nous servir ce soir. Pour une fois, nous ne serons pas obligés de nous coucher comme les poules.

Une délicieuse odeur s'échappait d'une marmite posée au coin de la cuisinière. Dany poussa un cri d'extase.

— Enfin un repas chaud! Qu'est-ce que c'est?

— De la soupe de légumes.

— Magnifique! Vous avez bien travaillé.

— Oui, pendant que la pauvre femme au foyer prenait un bain de soleil.

Toujours pas l'ombre d'un sourire. A côté des bougies, Dany aperçut soudain un grand panier rempli de fruits.

— Des mangues! Où les avez-vous trouvées?

— Il y a un verger de l'autre côté de la maison. C'est là que j'ai trouvé les légumes. La plupart des arbres sont morts. Mais il reste un manguier et un oranger.

— C'est le paradis!

Machinalement, Dany prit une mangue qu'elle huma avec ivresse.

— Hum... Mon fruit favori...

— Je sais. Vous l'avez déjà dit, rétorqua Nick sèchement.

Et Dany, se souvenant du commentaire qu'il avait fait, rougit jusqu'à la racine des cheveux.

La soupe, épaisse et finement épicée, était délicieuse. Et, après quatre jours de boîtes de conserve, le poisson grillé lui fit l'effet d'un mets rare. Dany dévora plus qu'elle ne mangea, sous l'œil gentiment goguenard du cuisinier.

Puis elle poussa un soupir d'enfant repu.

— Il y a longtemps que je n'avais aussi bien mangé. Encore un de vos talents cachés, monsieur Devlin.

— N'exagérons rien. Je fais assez bien la cuisine

mexicaine, c'est à peu près tout. Mes *tortillas* défraient la chronique dans tous les dîners chics de Boston.

— Vous avez vécu au Mexique?

— Oui, quand j'étais gamin. Mon père a travaillé là-bas un certain temps, comme ingénieur. Et quand elle était de bonne humeur, Rosalinda, notre cuisinière, me laissait mettre mon nez dans tous les plats.

— Et... et votre mère?

— Ma mère... Elle a préféré déserter le foyer quelques années après ma naissance.

Dans la belle voix d'homme arrivé à maturité, l'âpre douleur du gamin qu'il avait été avait soudain percé.

— Excusez-moi, murmura Dany.

Et, sans y penser, elle posa sa main sur celle de son compagnon.

Il regarda la petite main de Dany un instant, comme s'il faisait l'inventaire des égratignures et des ongles cassés, puis retira lentement la sienne.

— Je vais vous dire une bonne chose, mademoiselle Trent. Vous avez le cœur beaucoup trop tendre. Et inutile de vous apitoyer sur mon sort : les seuls souvenirs que j'ai de la vie de famille sont les querelles et les silences haineux. Quand ma mère est partie, ce fut plutôt un soulagement.

Nick se remit à peler tranquillement une mangue, détachant habilement la peau de ses longs doigts minces.

C'est lui qui, finalement, brisa le lourd silence qui s'était installé dans la cuisine.

— D'après mes estimations, nous avons bien marché, Dany. Nous ne sommes plus qu'à deux jours de la frontière. Ce soir, c'est encore moi qui ferai la cuisine pour fêter ça.

— Nous ne repartons pas tout de suite?

La voix de la jeune femme était lourde de déception et Nick eut un petit rire rassurant.

— Je suis aussi pressé que vous d'arriver à bon port, mon petit. Mais je n'ai pas envie de vous voir vous effondrer avant d'avoir atteint notre but. Je ne suis pas sûr de pouvoir vous porter jusqu'à la frontière.

— Je me sens parfaitement capable de...

Nick lui coupa la parole d'une voix plus douce.

— Le terrain va devenir de plus en plus difficile, à partir de maintenant. Nous allons devoir franchir un col de montagne. Et vous êtes réellement épuisée. Votre petit somme de tout à l'heure en est la preuve. Alors, c'est décidé : nous ne repartirons que demain matin.

— Et si, moi, je veux repartir ?

— La porte est ouverte...

Dany baissa les yeux sur la table. Jamais, jamais dans toute l'histoire de l'Humanité, une femme pouvait à ce point avoir détesté un homme comme elle détestait Nick Devlin... Elle formula mentalement quelques épithètes bien senties que Marcus aurait été horrifié d'entendre. Qu'il ne supposait probablement même pas appartenir à son vocabulaire. Rien dans sa vie de jeune fille de bonne famille ne l'avait préparée à négocier avec un tel homme. Et la panique qui croissait maintenant en elle comme un cyclone lui indiquait l'urgence de leur départ. S'ils ne se retrouvaient pas très vite en lieu sûr, quelque chose de terrible allait arriver. Il régnait dans la forêt, en tout cas depuis qu'ils s'étaient retrouvés prisonniers dans le même piège, une pesanteur étouffante. Et cette désagréable sensation ne faisait que croître de jour en jour.

Les nerfs de Dany étaient tendus comme les cordes d'un violon. Elle avait l'impression d'attendre quelque chose. Mais le plus angoissant était de ne pas savoir quoi.

Elle aurait voulu donner un vigoureux coup de poing sur la table et décréter : « Peu importe ce que vous voulez ou ne voulez pas. Moi, j'ai décidé de partir demain. »

Mais au lieu de ça, elle plaqua sur son petit visage las son plus beau sourire.

— Nick, je vous en prie ! Je suis parfaitement reposée et...

— Vous pouvez garder vos petits airs de poupée Barbie pour Marcus. Ça marche peut-être avec lui, mais avec moi, vous perdez votre temps.

De ses ongles cassés, Dany arracha sauvagement la peau d'une autre mangue.

— Oh, vous...

— Vous prendrez du café ?

Elle écarquilla de grands yeux incrédules et ravis.

— Du café ? Vous en avez ?

— Mais oui. Il y en avait un paquet, dans l'avion. Allez sous la véranda, je vais le faire.

Visiblement satisfait d'être sorti victorieux de leur dernier petit accrochage, Nick se montrait maintenant sous son meilleur jour.

A peine sortie, Dany poussa un cri émerveillé.

— Oh, Nick ! Venez voir.

Quand il fut à côté d'elle — mais pas trop près, ne put s'empêcher de remarquer la jeune femme — elle pointa son doigt vers le ciel.

— Regardez la couleur de ce ciel !

Au-dessus d'eux, l'azur s'étendait comme un dais royal, d'un bleu profond au zénith, presque vert sur les bords et, bien qu'on ne soit encore qu'à la moitié de l'après-midi, déjà teinté délicatement de rose à l'horizon.

— Avez-vous vu déjà une telle merveille ? s'exclama encore Dany.

— Oui, tous les jours depuis que nous sommes dans ce pays.

Et, après cette repartie brusque, Nick la quitta pour s'activer dans la cuisine. Dany, le regard perdu sur la végétation luxuriante, se sentit de nouveau étrangement désemparée.

Nick avait tiré les deux fauteuils de rotin sous la véranda et posé une caisse vide entre eux. Dany se laissa tomber dans l'un d'eux, avec une petite grimace douloureuse là où les coups de soleil de sa sieste matinale avaient rougi sa peau. Un grand lézard vert émeraude apparut soudain au sommet des marches de bois. Sa gorge écarlate se gonflait rythmiquement, comme s'il était essoufflé on ne sait de quelle course. Une minute plus tard, un autre lézard, plus petit et d'un vert plus pâle, émergea à son tour de la bougainvillée, et ils filèrent ensemble sous les planches de la véranda. Une belle portée de bébés lézards en perspective, songea Dany avec un petit rire sans joie. Et n'était-ce pas là le sens même de la forêt vierge : toute cette activité fiévreuse et incessante n'avait-elle pas d'autre cause que la lutte pour la vie?

Et c'était aussi, probablement, l'origine de cette angoissante sensation de malaise qui, comme un étau, étouffait peu à peu la jeune femme.

Nick posa enfin à côté d'elle une vieille tasse en fer émaillé et elle huma l'arôme du café avec ivresse. Puis elle en but une gorgée prudente.

— Hum... Merveilleux! Ma première boisson chaude depuis quatre jours.

Elle sourit mais, ignorant son sourire, Nick se laissa tomber sur le siège à côté d'elle. Il resta ainsi un long moment, faisant tourner le liquide dans sa tasse, le visage impénétrable. Il était visiblement à des milliers de kilomètres de là. Et Dany, le regard perdu dans l'entrelacs des branches fleuries qui les isolaient du monde sauvage, ne bougeait pas davantage.

Finalement, après avoir vidé son gobelet d'un trait, Nick disparut dans la maison pour en émerger, quelques secondes plus tard, avec une pile de magazines et un coffret de bois.

— Tenez ! Si ça vous amuse...

Il jeta les magazines sur les genoux de Dany et ouvrit le coffret de bois qu'il posa sur la caisse. Un regard subreptice révéla à Dany qu'il s'agissait d'un jeu d'échecs. Après avoir méthodiquement installé les pièces à leur place respective, Nick s'absorba dans son jeu, le menton dans les mains.

Dany ouvrit un magazine au hasard. C'était un journal de mode espagnol qui datait de cinq ou six ans. Et, lentement, distraitement, elle commença à en tourner les pages. Mais sans cesse, son regard, comme attiré par un aimant, se posait sur Nick, qui semblait avoir complètement oublié sa présence. Instinctivement, et avec une facilité déconcertante, il avait érigé autour de lui une invisible barrière qui l'excluait totalement.

C'était un solitaire. Ne le lui avait-il pas dit assez clairement ? Parfaitement indépendant, il n'avait besoin de personne. Et maintenant qu'il avait entrouvert pour elle le livre de son enfance, elle commençait à comprendre pourquoi.

Le clair-obscur qui régnait sous la véranda accentuait les angles du visage expressif du jeune homme, et donnait à ses yeux, à moitié dissimulés par d'épais sourcils bruns, la lueur froide et verte de la glace.

Abandonnant sa tentative de lecture, Dany poursuivit son examen. Nick n'était pas seulement un très bel homme. Il émanait de lui une vitalité presque animale, et une force qui effrayait par son intensité primitive.

La bouche sèche, les mains frémissantes, elle prit de nouveau conscience de cet étrange sentiment d'attente angoissante.

Tout à coup, un roulement de tonnerre résonna dans les profondeurs de la forêt, suivi d'un éclair qui déchira l'horizon toujours limpide.

Les mains soudain moites, Dany se remit à tourner nerveusement les pages de son magazine. Visiblement, c'était un journal à cancans. On ne voyait que stars au bord de leur piscine, héritiers des familles royales d'Europe, dont le texte, en espagnol, devait raconter les fredaines. Et tout à coup, la main de Dany s'arrêta net de tourner les pages. Là, sur ce beau papier glacé, elle venait de croiser le regard, à la fois indomptable et souriant, de l'homme qui était assis à côté d'elle.

Oui, il s'agissait bien de Nick Devlin. C'était écrit juste sous la photo. Il était vêtu d'un smoking, et son bras entourait la taille gracieuse d'une éblouissante créature blonde. Il se dégageait de la photo le même magnétisme sensuel qui faisait frémir Dany de la tête aux pieds quand Nick s'approchait.

Mais jamais il ne lui avait souri comme il souriait à cette femme. Involontairement, Dany émit un curieux petit gloussement.

Nick leva les yeux de son échiquier.

— Qu'y a-t-il?

— Rien.

La jeune femme secoua la tête avec un sourire poli, mais les couleurs du jour semblaient avoir soudain pâli.

— Que lisez-vous?

Dany serrait le poing sur son magazine brusquement refermé. Mais il le lui prit des mains d'un geste précis et, la double page s'ouvrant d'elle-même, vit tout de suite ce qui avait frappé sa compagne. Attentive à ses moindres jeux de physionomie, Danny aurait voulu pouvoir lui arracher avec ses ongles le petit sourire complice qu'il adressait à la jolie fille de la photo.

— Tiens... Annabel...

Il approcha la photo d'un rayon de soleil qui trouait le feuillage.

— Oui, c'est bien elle... A moins qu'il ne s'agisse de Mary-Lou ?

— Vous semblez avoir du mal à vous faire une idée. Il faut dire que dans la foule...

Les lèvres de Nick se retroussèrent, dans cet étrange sourire animal.

— N'exagérons rien... Mais dois-je noter une trace de désapprobation dans votre voix, mademoiselle Trent ?

— Pas le moins du monde ! Votre vie privée ne me concerne absolument pas.

— C'est exactement mon avis. Cela dit, au cas où, malgré tout, cela vous intéresserait, je dois admettre qu'il y a eu beaucoup de femmes dans ma vie. J'en ai aimé quelques-unes sincèrement et j'ai essayé de leur complaire à toutes. Mais je n'ai jamais, « jamais », vous entendez bien, rencontré une femme pour qui je sois prêt à sacrifier ma liberté.

— Je vois.

Espérant mettre fin à cette conversation, Dany se plongea ostensiblement dans un autre magazine. Mais maintenant Nick avait envie de parler.

— Votre délicate sensibilité se trouve-t-elle offensée de devoir supporter un homme qui donne libre cours à sa sensualité, mademoiselle Trent ?

— Certainement pas, rétorqua Dany avec hauteur.

Elle croisa nerveusement les jambes et ouvrit son magazine au hasard.

— Tant mieux. Je serais franchement désolé qu'il en soit autrement, mademoiselle Trent.

Jetant un regard en biais à son compagnon, Dany le vit s'absorber de nouveau dans sa partie d'échecs en solitaire.

— Pourquoi avez-vous bougé cette pièce ? demanda-t-elle soudain.

— Pour protéger mes arrières.

Il n'avait même pas levé la tête et, petit à petit, Dany se pencha en avant, pour se retrouver tout à coup agenouillée, les deux coudes sur la caisse qui leur servait de table. Nick bougea une autre pièce puis lui lança un regard aigu.

— Si vous avez envie de jouer, il suffit de le dire.

Il ne semblait pas en colère, juste un peu exaspéré, mais Dany recula immédiatement.

— Non, merci, je ne sais pas jouer aux échecs.

— Ça ne m'étonne pas. C'est un jeu qui demande pas mal de logique et un esprit parfaitement discipliné.

— Je vois.

Le regard éteint, Dany allait regagner son fauteuil quand, balayant les pièces du revers de la main, Nick décréta d'un ton brusque :

— Je vais vous apprendre...

— Non ! Souvenez-vous de ce que je vous ai dit. Vous ne pouvez jamais faire reculer une pièce de cette façon.

Nick bougea une de ses pièces.

— Bon. Et maintenant, qu'allez-vous faire pour coincer mon fou ?

Dany repoussa une mèche de cheveux sur son front en sueur.

— Eh bien... Que dites-vous de ça ?

— Bien joué.

Il lui décocha un sourire heureux et, à cet instant, une pensée fulgurante traversa le cerveau de Dany : « Bientôt, je ne le verrai plus, mais je me souviendrai de ce moment-là toute ma vie. » Les jeux du soleil entre les feuillages, l'odeur entêtante du jasmin et le sourire de Nick, tout resterait gravé à jamais dans son cerveau. Une émotion douce-amère la parcourut comme une vague bienfaisante et ses doigts se crispèrent convulsivement sur le bord de l'échiquier.

— Non ! C'est à moi.

Nick tendit la main et leurs doigts se rencontrèrent. Ce fut comme un deuxième coup de tonnerre dans le ciel bleu. Cela ne dura que le temps d'un éclair, et ils reculèrent aussitôt comme s'ils s'étaient brûlés. Dany reconnut l'étrange tension de l'air et ce serpent endormi qui bougeait de nouveau doucement, comme prêt à sortir de sa torpeur menaçante.

— Vous êtes fatiguée, décréta brusquement Nick. Allez faire une petite sieste.

— Mais la partie n'est pas finie !

Nick la gratifia d'un sourire un peu canaille.

— Si, elle l'est.

Et, d'un mouvement fluide du poignet, il joua son dernier coup qui immobilisait le roi de Dany.

— Echec et mat.

Quand Dany se réveilla, une bande de lumière rouge traversait la chambre, allumant un incendie dans le miroir qui pendait de travers sur le mur, juste en face d'elle.

Elle s'étira en bâillant puis, se glissant hors du lit aux montants de cuivre, descendit jusqu'à la cuisine.

Nick n'était pas là. L'un des gobelets était sur la table, rempli de jus de citron et d'eau, et il restait encore une mangue dans le panier. Dany but le jus de citron jusqu'à la dernière goutte. Elle avait l'impression de n'avoir jamais rien goûté d'aussi bon.

Puis, prenant la mangue, elle descendit les marches de la véranda. Le ciel était tout empourpré des lueurs du couchant. Elle avait dû dormir une heure, deux tout au plus. Mais où était passé Nick ? Dany, tout en mangeant le fruit savoureux, épiait les moindres bruits en provenance du jardin. Enfin, comme son compagnon ne donnait pas signe de vie, elle alla chercher son savon, enfila ses tennis et partit se doucher sous la cascade.

Elle resta là un long moment, offrant son corps détendu par le sommeil à l'eau fraîche et revigorante. Mais quand Dany revint à l'*hacienda*, il n'y avait toujours pas trace de Nick, excepté un tas de fruits frais posés sur la table de la cuisine. Il était donc revenu, puis reparti sans se donner la peine de l'attendre. Pourtant, il avait dû monter dans la chambre et s'apercevoir que la jeune femme s'était réveillée.

L'esprit ailleurs, Dany prit une des mangues qu'elle frotta doucement contre sa joue. Une petite ride s'était creusée entre ses sourcils froncés. Elle trouva une vieille assiette ébréchée où elle disposa les fruits sur un lit de jasmin. Puis elle contempla la pyramide multicolore et odorante avec perplexité. Où était donc passé Nick ?

Elle erra encore un long moment sous la véranda, dans les dernières lueurs du crépuscule, jouant avec les branches de bougainvillées aux fleurs pourpres qui frôlaient son visage comme autant de caresses. Mais le jeu finit par la lasser et, pour apaiser la sournoise inquiétude qui commençait à s'insinuer dans ses veines, elle regagna l'abri de la maison dont elle parcourut lentement toutes les pièces, pour s'arrêter enfin dans celle qui était devenue sa chambre. C'était encore là que Dany se sentait le plus en sécurité.

Dans un coin de la pièce, son œil distrait se fixa sur une porte étroite qu'elle n'avait pas encore remarquée. Quand elle parvint enfin à en ouvrir le battant gonflé par l'humidité, Dany vit qu'il s'agissait d'un petit cagibi, vide à l'exception d'un coffre de bois. A l'intérieur, sous des piles de papier de soie, ses doigts impatients frôlèrent une étoffe soyeuse. Retenant son souffle, la jeune femme déploya lentement un vêtement de forme imprécise et au parfum suranné. Quand Dany sortit du petit réduit pour déployer le vêtement aux derniers rayons du soleil, un flot de soie, couleur d'ambre pâle, tomba jusqu'au plancher.

C'était une robe du soir au décolleté profond bordé de dentelle crémeuse, une robe de princesse des Mille et Une Nuits, la plus belle que Dany ait jamais vue. Sa gorge se noua. Nick avait raison. Pour qu'une jeune femme ait abandonné une telle merveille, c'est le cœur vidé de toutes leurs espérances que les habitants de cette demeure avaient dû la quitter.

Repliant soigneusement le précieux vêtement, Dany le remit dans le coffre et referma la porte du cagibi. Bizarrement, telle la femme de Barbe-Bleue de ces étranges contes de fées, elle avait l'impression d'avoir ouvert une porte interdite. Puis elle regagna la véranda. Elle consulta machinalement sa montre, mais il n'y avait plus qu'une étroite bande blanche sur sa peau bronzée. Le fragile bijou avait dû glisser de son poignet lors de leur longue marche dans la forêt.

La nuit était presque tombée, maintenant, et Nick ne pouvait plus tarder à revenir. S'il le fallait, elle partirait à sa recherche.

Sans plus réfléchir, elle se dirigea vers le verger, et décida de remonter la rivière qui le traversait. Après quelques minutes de marche, elle entendit comme des éclaboussements. Ecartant un rideau de fougères arborescentes, elle s'avança d'un pas et s'immobilisa, bouche bée. A quelques mètres à peine, la rivière coulait sur un lit de cailloux blancs, puis s'élargissait en une vaste cuvette parsemée de nénuphars aux larges corolles de nacre. Et là, flottant sur le dos, reposait Nick, le visage parfaitement détendu et heureux.

# 7.

Dany était sûre de n'avoir fait aucun bruit. Et cependant, comme averti par un sixième sens, Nick reprit pied d'un vigoureux coup de reins. En la voyant, il fronça les sourcils, et Dany crut discerner de l'impatience, et même une certaine colère dans son regard. Mais comme elle faisait involontairement marche arrière, il l'interpella.

— Alors, vous avez fini par retrouver ma piste ! Je me demandais combien de temps ça vous prendrait.

« Oh, Nick ! Vous m'avez tant manqué ! J'avais tellement peur… » Les mots tremblaient sur sa langue, mais au lieu de les prononcer, Dany se raidit et un éclair de rage traversa ses yeux clairs.

— Ne vous flattez pas. Je n'étais pas en train de vous chercher. J'ai trouvé le verger et j'étais sur le point de faire demi-tour quand j'ai entendu un bruit d'eau. J'allais justement rentrer.

Sortant lentement de l'eau, sa nudité paisiblement offerte aux divinités de la forêt, Nick alla chercher ses vêtements sur la rive.

— Non, maintenant que vous êtes ici, vous pouvez aussi bien rester, décréta-t-il en enfilant son jean.

Il l'observa d'un regard plus attentif.

— Vous avez l'air d'aller mieux.

— Beaucoup mieux. Vous avez raison, j'étais épuisée, mais maintenant, ça va.

— Hum... Mais peut-être qu'une nuit supplémentaire de sommeil confortable ne serait pas superflue, avant la dernière étape. Il faudra y songer.

Et, sans attendre sa réponse, Nick, le torse nu, se laissa tomber à plat ventre au bord de la rivière.

Encore une journée dans l'*hacienda*... Le jour ne serait pas trop difficile à traverser, s'il la fuyait comme aujourd'hui. Mais il y avait le long après-midi sous la véranda, avec l'odeur du jasmin qui étourdissait ses sens comme un vin de Champagne. Il y avait cette sieste solitaire hantée de rêves sensuels, et cette longue nuit chaude, peuplée des riches parfums des poivriers, des hibiscus, et des mille senteurs de la forêt. Cette nuit opaque où la respiration amplifiée de Nick, montant des profondeurs de la vieille demeure de bois, semblerait la porter comme les vagues de l'océan vers une contrée inconnue.

Debout sur la rive, les yeux fixés sur la nuque trempée de son compagnon, Dany tournait et retournait nerveusement sa bague de fiançailles autour de son doigt. Lentement, subrepticement, une peur sourde rampait dans son cœur. Chaque heure, chaque jour la rapprochait de son fiancé. Mais chaque pas, chaque mètre parcouru la séparait à jamais de Nick.

— Alors, vous m'aidez, oui ou non?

Retirant son bras de l'eau, où il était plongé jusqu'au coude, Nick tira brutalement la jeune femme par la cheville. Elle tomba à genoux à côté de lui.

— Vous aider à quoi? Qu'est-ce qui vous prend, encore?

— Je pêche notre dîner. Aussi incroyable que cela puisse paraître, je crois bien avoir reconnu des truites de torrent.

Il indiqua du pouce un point sur la berge. Des ventres de poisson luisaient en effet dans la pénombre.

Dany ouvrit la bouche, médusée.

— Mais... Avec quoi les attrapez-vous ?

— Avec ça.

Nick leva la main droite avant d'ajouter :

— Vous n'avez jamais essayé ?

— Ma foi non.

— Ça m'étonne beaucoup. Je pensais que c'était la formation de base du parfait petit Tarzan de poche.

Dany se raidit.

— Ah ?... Eh bien, ce n'était pas au programme de mon université.

— Alors, vous allez avoir du mal.

— Pourquoi ? Non ! Ne me dites rien. Je connais déjà la réponse : c'est un exercice qui exige pas mal de logique et un esprit parfaitement discipliné.

Les dents de Nick brillèrent dans l'obscurité.

— Pas exactement. Il faut plutôt un calme olympien et beaucoup de patience. Ce qui, pour une petite femelle superactive comme vous, constituerait le comble de l'exploit. Tiens...

Il s'interrompit brusquement puis acheva :

— Vous avez du pollen sur le nez.

— Quoi ?

Ses changements d'humeur incessants donnaient le vertige à Dany.

Nick effleura légèrement son visage puis murmura, comme pour lui-même :

— Oui, c'est bien du pollen. Vous avez dû mettre votre petit nez dans les fleurs. On dirait des grains de beauté dorés. Attendez... Ne bougez pas.

Très doucement, il balaya son visage d'un doigt léger puis souffla et le pollen s'envola dans un poudroiement d'or. Sa main s'attarda un bref instant sur la joue ronde de sa compagne.

Mais comme elle le fixait d'un regard hypnotique, il s'écarta brusquement.

— Voilà ce que vous allez faire. Vous vous mettez à plat ventre, les deux mains dans l'eau. Ecartez les doigts pour que le courant passe naturellement dans votre main. Laissez-vous aller dans le courant. Quand un poisson arrive, vous n'avez plus qu'à refermer la main et il est pris. C'est tout.

— C'est tout?

— Oui... Et au cas où ça vous inquiéterait... Vous n'avez pas besoin de retirer votre chemisier pour réussir. C'est en option...

Ils restèrent ainsi côte à côte encore une longue demi-heure, les mains oscillant dans le courant comme de longues herbes. Une fois, leurs doigts se frôlèrent et Dany eut un brusque sursaut. Elle marmonna une excuse et fit bien attention que cela ne se reproduise pas.

Nick parvint à prendre encore deux truites, mais pour une obscure raison, les poissons semblaient vouloir éviter la jeune femme. Malgré tous ses efforts, Dany ne parvenait pas à se concentrer sur ce qu'elle faisait : tout son être vibrait dans la promiscuité troublante de cet homme à demi nu à côté d'elle.

Lui, bien sûr, n'avait pas ce problème. Comme d'habitude, il était complètement absorbé par ce qu'il faisait, les sourcils froncés, la bouche serrée sous l'effet de la concentration. Et pourtant, malgré ce sérieux, cette gravité même qui donnait parfois à son visage une expression d'austérité presque monacale, il se dégageait de lui une sensualité à laquelle la jeune femme avait de plus en plus de mal à résister.

Leurs regards se rencontrèrent et une lueur traversa celui de Nick, comme une longue flamme verte. Ils restèrent ainsi les yeux dans les yeux une interminable seconde, et la mystérieuse tension se mit à crépiter de nouveau, menaçante et envoûtante à la fois. Puis Nick s'exclama :

— Regardez ! Vous en avez pris un !

Refermant instinctivement les mains, Dany ramena en effet à la surface un long poisson fuselé.

— Il est énorme ! Donnez-le-moi !

Mais, comme il se penchait vers elle, elle relâcha la pression de ses doigts et le poisson, s'arquant sur sa paume, plongea dans l'eau et disparut dans un dernier éclair d'argent.

— Mais qu'est-ce qui vous prend ? C'était une prise superbe !

— Je... je ne sais pas. Il était si vivant, si... Je ne voulais pas qu'il meure.

Nick exhala un soupir rageur.

— Encore une démonstration de votre logique. Je suppose que vous ne verrez pourtant pas d'inconvénient à manger ceux-ci ?

Une moue méprisante aux lèvres, il désigna le tas de poissons sur la berge. Alors, brandissant avec une colère blanche la chaînette d'or qui supportait le masque du jaguar, Dany s'écria :

— Vous voyez ceci ? C'est tout votre portrait quand vous ne vous maîtrisez plus. Lippe menaçante et regard mauvais.

Le regard de jade se figea.

— Prenez garde, mon petit ! Les jaguars gobent les Tarzan de poche comme simple en-cas avant leur petit déjeuner.

— Cessez de m'appeler comme ça ! Vous êtes ridicule.

Les yeux de Nick détaillèrent froidement la jeune femme de la tête aux pieds, s'attardant avec un dédain non dissimulé sur ses cheveux qui bouclaient sur la nuque et trempés de sueur, sa chemise d'homme et son short informe.

— Ah, vous croyez ? En tout cas, ne vous faites pas d'illusions : si vous n'êtes pas Tarzan, vous n'avez rien non plus de l'appétissante Jane.

Laissant la jeune femme apprécier l'acuité de son humour caustique, Nick bondit sur ses pieds et, après avoir passé un bambou dans les ouïes des poissons, se dirigea à grandes enjambées vers la maison. Il ne se retourna que sur le seuil pour lancer à sa compagne :

— Je préparerai les poissons plus tard. Je vais me sécher.

La vue brouillée de larmes, Dany le regarda s'éloigner. Nick la méprisait tellement qu'il faisait tout pour éviter sa compagnie. Alors, pourquoi souhaitait-il prolonger cette agonie ?

La jeune femme se dirigea vers la cuisine, traînant les pieds comme si ses chaussures étaient en plomb. Les poissons étaient posés sur la table. Mais Nick avait dit qu'il voulait s'en occuper. Elle pourrait toujours mettre le couvert.

L'air absent, Dany déposa les citrons qu'elle avait cueillis dans la corbeille, autour des mangues, et installa les bougies dans deux soucoupes à chaque extrémité de la table. Le décor lui paraissant encore trop impersonnel, elle retourna sous la véranda, où elle arracha quelques branches de bougainvillées qu'elle mit dans un vase.

Tout en s'activant, elle guettait l'arrivée de Nick.

Il redescendit à la nuit tombée. Dany était assise sur la balustrade de la véranda, les yeux dans le vague. Quand il la vit enfin, immobile comme une statue, il s'arrêta net.

— Me voilà, dit-il simplement, comme s'il s'adressait à un point invisible au-dessus de l'épaule de son interlocutrice.

— Oui, répondit brièvement Dany, bien décidée à ne

plus livrer d'elle-même qu'une surface imperméable aux flèches acerbes de son compagnon.

— Je vais m'occuper des poissons. Vous aimez un peu de citron avec?

— Parfait, répondit encore la jeune femme en quittant son perchoir. Je vais me changer et je reviens tout de suite.

Elle referma soigneusement la porte de sa chambre et s'appuya un instant contre le panneau. Elle se sentait soudain misérable, aussi anonyme que la nuit sombre qui enveloppait maintenant l'*hacienda* de son manteau de ténèbres. Pourquoi Nick Devlin la méprisait-il à ce point?

Le monde était-il plein d'hommes comme lui, instables, provocateurs, incapables de vivre dans l'harmonie et la tendresse? S'il en était ainsi, plus tôt elle retrouverait Marcus, mieux ce serait. Pourtant, ces jours derniers, même le souvenir de son fiancé ne parvenait pas à lui apporter l'apaisement souhaité. Ce rêve horrible semblait avoir définitivement cassé les fragiles ressorts de son équilibre affectif et Dany était toujours impuissante à retracer dans son cerveau affolé les traits de celui qu'elle croyait aimer.

Se redressant lentement, elle se dirigea vers la fenêtre et, à la lueur de la bougie, se contempla un instant dans le reflet que lui offrait la vitre noire. Ses yeux élargis étaient trop brillants et sa bouche tremblait. Encore une seule invective de la part de Nick et elle se serait effondrée à ses pieds comme une poupée de chiffon.

Eh bien! Elle n'allait pas se laisser faire! S'emparant du tube de rouge à lèvres intact qu'elle avait trouvé dans la salle de bains de la demeure abandonnée, Dany redessina d'une main experte la courbe pleine de ses lèvres et les tapota avec une serviette de toilette. Puis elle brossa soigneusement ses cheveux avec la brosse de sanglier trouvée elle aussi dans le cagibi, pour leur redonner volume et brillant. Enfin, du plat de la main, elle s'efforça de défroisser sa chemise. Se considérant dans la vitre, elle fit une grimace dépitée. Heureusement qu'elle ne dînait pas au Ritz !

Nick porterait un smoking blanc, comme sur la photo de ce magazine espagnol. Et elle ? Sur quoi aurait-elle jeté son dévolu ? Peut-être sur cette petite robe de satin noir qu'elle avait achetée aux soldes de janvier ? Elle n'avait pas encore osé l'arborer devant Marcus de peur qu'il ne la trouve trop décolletée... Ou sur une nouvelle toilette, achetée tout spécialement pour l'occasion ?

A moins que...

Tout à coup, le cœur de Dany bondit dans sa poitrine. Mais bien sûr ! Il y avait cette robe, dans le cagibi... Nick penserait qu'elle était devenue complètement folle ! A condition qu'il s'en aperçoive.

« Mini-superman... Tarzan de poche... Rien à voir avec l'appétissante Jane... J'aime que mes femmes soient de vraies femmes... »

Eh bien ! Il allait voir ce qu'il allait voir.

Une seconde plus tard, Dany ouvrait la porte du petit cabinet et dépliait lentement la longue robe de soie. Puis, avec des mains tremblantes, elle arracha sa chemise et son short et passa le vêtement par-dessus sa tête. La soie coulait le long de son corps comme de l'eau fraîche. Elle lissa le tissu contre ses hanches puis ajusta sa poitrine dans l'étroit corsage, se débattant nerveusement avec les minuscules boutons qui le fermaient. Une semaine plus tôt, la robe aurait été trop juste. Mais aujourd'hui, elle lui allait comme une seconde peau. C'était certainement beaucoup trop beau pour ce butor. Mais elle allait lui montrer de quoi elle était capable.

Il y avait une psyché contre le mur du fond et, après en avoir chassé les toiles d'araignées, Dany put se voir de la tête aux pieds.

Les plis amples de la soie couleur d'ambre pâle mettaient en valeur sa taille mince. Et la rondeur glorieuse de ses seins, à peine voilée par les motifs raffinés de la dentelle ancienne, semblait reposer dans une corbeille. Ses épaules nues émergeaient de ce flot d'étoffe comme d'une écume marine.

Ainsi parée, avec sa blonde chevelure bouclant en riches copeaux de cuivre, la jeune femme ressemblait à la Vénus d'un Primitif italien.

Alors, relevant fièrement le menton, Dany s'apprêta à rejoindre son compagnon.

Nick ne la vit pas tout de suite. Il était installé aux fourneaux, le dos tourné, et le grésillement du poisson sur la braise occultait tous les autres bruits. La jeune femme resta immobile sur le seuil, brusquement intimidée, et il se raidit, soudain conscient d'une présence.

A la lueur vacillante et dorée des bougies, Dany vit de nouveau le rayon vert s'allumer dans les yeux de Nick : le regard de son compagnon glissa le long de sa chevelure, puis de ses épaules, pour se perdre dans les profondeurs de son corsage. C'est alors que Dany eut vraiment conscience de ce qu'elle avait fait. Le feu aux joues, elle réprima avec peine l'envie urgente de tourner les talons et de regagner sa chambre.

— Où diable avez-vous trouvé ça ? interrogea Nick, la voix tendue.

— Dans un coffre... Dans... dans la chambre. Il... il y a aussi un habit d'homme, mais je... je ne pense pas qu'il vous irait.

— Je ne savais pas que nous devions nous habiller pour dîner.

Les yeux de Nick retenaient les siens prisonniers, mais parvenant enfin à se libérer de leur emprise, Dany porta son attention sur la table où trônait une bouteille de vin blanc.

— Oh! Comment avez-vous fait pour vous procurer du vin?

— Moi aussi, j'ai fait ma petite enquête. Il y a une cave sous l'escalier. Elle est presque vide, à part quelques casiers à bouteilles et des araignées. Il restait deux bouteilles de vin que l'humidité du sous-sol a bien conservées.

Tout en disant ces mots, Nick avait tiré de son couteau multilame le tire-bouchon.

— C'est un sauvignon 1978. Il faudrait certainement le servir frais mais il y a longtemps que la glacière de la maison ne fournit plus de glace.

Le bouchon céda et Nick huma délicatement le bouquet qui s'échappait de la bouteille.

— Hmm... Un peu sucré, mais tout à fait buvable.

Il tendit un gobelet à Dany puis se servit.

— Les poissons sont prêts. A table!

Mais Dany restait immobile, ses jambes refusant tout à coup de la porter. Alors, Nick s'avança vers elle et, s'inclinant galamment, porta la main de la jeune femme à ses lèvres.

— Le dîner est servi, mademoiselle.

Le ton moqueur permit à Dany de recouvrer son sang-froid.

— Merci.

Elle s'assit sur la chaise qu'il lui présentait, les jambes tremblantes. Et, à peine Nick avait-il tourné le dos qu'elle goûta le vin. C'était sans conteste bien meilleur que l'affreuse eau-de-vie qu'il lui faisait ingurgiter de force en guise de remontant!

Nick posa le plat de poissons grillés devant eux avec une petite grimace dépitée.

— C'est un peu léger comme présentation. Trop nouvelle cuisine pour mon goût. J'aime que mon assiette ressemble à quelque chose de plus... consistant.

— Oui, acquiesça Dany, heureuse de se trouver sur un terrain neutre. Je partage votre avis. J'ai horreur de l'acharnement artistique que mettent tous les cuisiniers d'aujourd'hui à nous faire accepter leur cuisine de régime.

— Encore un peu de vin? s'enquit Nick en levant la bouteille.

— Non, merci. Je ne bois jamais.

— Jamais?

— Non. Je n'aime pas l'alcool. Tandis que vous, bien sûr...

Dany se mordit la langue, furieuse d'avoir sans le vouloir déterré la hache de guerre.

— Je ne suis pas un alcoolique, si c'est ça que vous voulez dire. Mais j'apprécie les bons vins, en effet. Et si vous ne les aimez pas, c'est tout simplement parce qu'on ne vous a pas appris.

Sa voix reprit une intonation tranchante quand il demanda :

— Ne buvez-vous jamais de champagne?

— Si, dans les grandes occasions. Mais c'est vrai qu'en général, je préfère éviter les boissons alcoolisées. Evidemment, pour un aventurier, même de poche, ça fait un peu « province »...

Alors, de manière tout à fait inattendue, Nick prit la main de la jeune femme par-dessus la table.

— Dany, je vous promets qu'à partir de ce soir, je ne vous traiterai plus jamais de caricature de Johnny Weismuller... Vous êtes... vous êtes tout simplement merveilleuse.

Son regard glissa sur la jeune femme comme une longue caresse et Dany sentit son pouls s'accélérer dangereusement. Elle crut même entendre les coups sourds de son cœur, mais c'était le roulement lointain du tonnerre.

— Croyez-vous qu'il va y avoir un orage ?

Cela pourrait expliquer la soudaine lourdeur de l'atmosphère et la tension presque électrique qui régnait dans la pièce.

— C'est possible. La saison des pluies n'est pas loin.

Nick remplit son verre, mais il ne but pas. Il restait là, légèrement appuyé sur le dossier de sa chaise, les yeux dans le vague, tandis que sa fourchette battait un tempo nerveux sur le bord de son assiette. Une mèche de cheveux lui barrait le front et, à la lueur des bougies, l'angle de sa mâchoire paraissait adouci. Semblant lire dans les pensées de Dany, Nick sourit en se caressant le menton.

— Désolé pour la barbe. On dirait qu'elle repousse de plus en plus vite, ici. Comme les arbres.

— Ça vous va bien.

Les mots étaient sortis avant que Dany ait le temps de réfléchir. Mon Dieu ! C'était ce vin !

— Quand... quand nous serons sortis d'ici, reprit-elle d'une voix qu'elle s'efforça de raffermir, je vous offrirai une bouteille de champagne.

Nick eut un sourire tendre qui donna bizarrement à Dany l'envie de poser sa tête sur la table et de pleurer.

— Non, c'est moi qui vous l'offrirai. Histoire de commencer votre éducation... en ce qui concerne le vin, tout au moins. Un bolinger 1979, sans doute. Ou un vin plus doux... Un sauternes, par exemple... Oui, c'est ça. C'est un vin pour vous, soyeux, couleur de miel et...

La voix de Nick n'était plus qu'un murmure.

— ... et lourd de la promesse de toutes les fleurs.

Dany ne put retenir un petit rire aigu et tremblant comme du cristal.

— A vous entendre, on croirait qu'il s'agit plutôt d'un philtre magique !

— Mais c'est un philtre, Dany, et des choses incroyables peuvent arriver lorsque vous l'avez bu.

Dany hésita, pas très sûre que Nick ne se moquait pas d'elle.

— Bien... Prendrons-nous le café sous la véranda?

Nick finit son verre d'un trait.

— Allez-y. Je vais m'en occuper.

Prenant une bougie, Dany alla s'asseoir dans l'un des fauteuils de rotin et, le menton dans la main, se mit à songer, le regard hypnotisé par la minuscule flamme dorée. Il ne restait plus que deux ou trois centimètres de bougie. Une heure ou deux, à peine. Et après, ce serait la nuit.

Une angoisse sourde lui étreignit la poitrine et, pour l'apaiser, la jeune femme aspira une longue bouffée d'air. Aussitôt, le parfum du jasmin l'envahit jusqu'à l'ivresse.

Alors, au moment même où un nouveau roulement de tonnerre traversait l'horizon, plus proche cette fois, une forme pâle, indécise, se mit à palpiter dans l'air lourd, voltigeant juste au-dessus de la tête de Dany. La jeune femme bondit sur ses pieds avec un cri aigu.

Aussitôt, Nick surgit des entrailles de la maison, la machette à la main.

— Dany! Qu'est-ce que...?

Dany pointa un doigt tremblant vers le plafond de la véranda.

— Là!

Nick suivit la direction qu'elle lui indiquait et poussa un soupir de soulagement mêlé d'exaspération.

— Bon sang! Vous finirez par me rendre cardiaque. A vous entendre hurler, j'ai cru qu'un jaguar en maraude vous avait prise pour cible! Au moins!

Comme pour défouler sa tension, il lança violemment la machette sur le plancher de bois où elle s'enfonça profondément en vibrant.

Puis, comme Dany reculait, les yeux encore élargis d'angoisse, il l'arrêta d'un geste autoritaire.

— Ne bougez plus. Si vous lui faites peur, il risque de se brûler à la flamme de la bougie.

Alors, avec beaucoup de douceur, Nick leva les mains et captura la créature qui voletait entre eux, puis s'avança vers Dany, recroquevillée d'horreur.

— Regardez. Ce n'est qu'un papillon de nuit. Il a perdu sa route. Cette espèce est plus fréquente sur la côte qu'à l'intérieur des terres.

Le cœur de Dany se gonfla de pitié. Ainsi ce n'était qu'une autre âme égarée comme elle dans cette forêt du bout du monde.

— Pauvre petite chose! Va-t-il mourir?

— Qui sait? Approchez-vous! Il ne va pas vous mordre.

Sous les yeux émerveillés de Dany, Nick entrouvrit ses mains puissantes, et l'énorme insecte déploya ses ailes de satin. Elles étaient d'un blanc crémeux et velouté, finement strié de veines d'un mauve très pâle. La longue queue brillante frémissait contre les poignets de Nick.

— Il est magnifique, n'est-ce pas? murmura Nick. Caressez-le.

Docilement, Dany gratta la tête velue de l'étrange créature.

— Oh, Nick! On dirait du velours.

Elle leva les yeux et vit le regard de son compagnon fixé sur ses lèvres. Aussitôt, elle retira sa main. Nick descendit les marches de la véranda et libéra l'insecte, le plus loin possible de la flamme. On entendit un doux bruissement, puis un éclair pâle s'éleva et disparut dans la nuit. Nick se retourna, les yeux fichés dans ceux de Dany qui restait immobile, froissant nerveusement la soie de sa robe.

— Vous avez des pétales de fleurs dans les cheveux. Ne bougez pas.

Elle sentit les doigts de Nick effleurer sa chevelure puis, glissant le long de ses joues, s'arrondir autour de son menton. Il lui releva doucement le visage et son regard plongea dans les pupilles dilatées de Dany.

— Dany? murmura-t-il d'une voix rauque.

Elle eut un sourire tremblant et, lui prenant la main, Nick en baisa la paume, d'un mouvement lent et sensuel. Sous la caresse, des étincelles de plaisir palpitaient le long de sa peau, parcourant les veines de la jeune femme d'une tourmente délicieuse.

Quand Nick s'arrêta enfin, Dany ouvrit les yeux, ivre de sensations nouvelles.

— Dany? répéta-t-il.

Comme elle se contentait de lui sourire, il l'attira contre lui. Sa tête brune se pencha vers le visage qui s'offrait à lui comme une coupe, et des lèvres chaudes prirent celles de la jeune femme, vivantes, gourmandes. Le baiser de Nick avait un arrière-goût de sel et de vin doux.

Une langue experte redessina le contour de ses lèvres dans une caresse si érotique que Dany, sentant ses jambes lui manquer, s'accrocha frénétiquement aux épaules de son compagnon.

Alors Nick la serra contre lui, moulant son jeune corps contre le sien. Une de ses mains glissa dans le corsage de la jeune femme. Elle avait conscience de cette paume frémissante entourant son sein nu et, en dessous, du battement affolé de son cœur. Plus rien n'existait que cette vibration douloureuse et excitante qui semblait émaner du corps de Nick pour se propager dans le sien avec une intensité décuplée. Elle n'était plus que vaguement consciente de la bouche de Nick, de ses mains avides, de son corps dur arqué contre le sien. Quand elle ouvrit les yeux, un lent vertige fit tourner autour d'elle la nuit tropicale.

Soudain, un éclair blanc déchira l'espace, suivi aussitôt d'un coup de tonnerre assourdissant qui sembla faire trembler la terre entière. Tirés brutalement du monde enivrant où ils s'étaient enfermés, ils se séparèrent dans un sursaut, mais leurs mains toujours nouées faisaient entre eux comme un frémissant trait d'union.

Le second éclair fut plus puissant encore, inondant, l'espace d'une seconde, la véranda d'une lumière crue. Les yeux de Nick étaient noirs de désir.

Mon Dieu! Mais qu'est-ce qui lui avait pris? Comme Nick s'approchait pour la reprendre dans ses bras, Dany le repoussa brutalement.

— Non!

Une honte lourde, humiliante, tombait maintenant sur elle comme une chape de plomb. Elle se recroquevilla sur elle-même, misérable.

— Ne me touchez pas!

Les lèvres de Nick se retroussèrent en un rictus dédaigneux. Il semblait avoir parfaitement repris le contrôle de ses émotions.

— Ne pas vous toucher? Mais c'est pourtant ce que vous m'avez demandé, et même beaucoup plus, toute la soirée.

Blanche de rage et de dégoût vis-à-vis d'elle-même, Dany recula encore.

— Non, ce n'est pas vrai!

Nick s'appuya nonchalamment à la rambarde.

— A d'autres, ma petite! Pour quelle autre raison auriez-vous mis cette affriolante toilette, si ce n'était dans une pathétique tentative de séduction?

Son regard glacé balaya le corps de Dany avec un tel mépris qu'elle suffoqua.

Etait-ce exact? Avait-il trouvé la véritable raison, enfouie tout au fond d'elle-même, pour laquelle elle avait décidé de revêtir cette robe magnifique et provocante ? Pas seulement pour lui faire ravaler ses épithètes méprisantes, mais pour des motifs beaucoup moins innocents ? Quoi qu'il en soit, elle lui avait donné le droit de la traiter ainsi. Et, à présent, elle aurait voulu tomber à ses pieds pour y pleurer jusqu'à épuisement. Mais son amour-propre parvint à puiser au fond d'elle la force de ménager son honneur.

Repoussant ses cheveux qui retombaient autour de son visage en mèches désordonnées, elle recula encore.

— Vous séduire ? Vous ? Même si vous n'étiez plus que le seul homme sur la terre, je ne voudrais pas de vous.

— Evidemment ! Vous avez fini par vous rappeler que vous aviez un fiancé.

L'ironie sifflante de sa voix fit à Dany l'effet d'un acide âcre. Elle eut un violent sursaut. Et dire qu'elle n'avait pas pensé à Marcus depuis des heures ! Qu'elle n'avait invoqué son visage, ces derniers jours, que pour mieux lutter contre la fascination que Nick exerçait sur elle !

— Je...

Elle ne put continuer. Nick lui prit brutalement le poignet, la forçant à regarder sa bague de fiançailles.

— Tout ce que je peux vous dire, mon cœur c'est que d'après ce que j'ai entr'aperçu de la personnalité du dénommé Marcus, vous trouveriez davantage votre compte dans mes bras que dans les siens.

Il y avait de la colère dans les pupilles de jade, mais aussi une promesse qui faisait trembler Dany d'une faim délicieuse. Elle ferma les yeux, se boucha les oreilles avec les mains. Mais des images envahissaient son cerveau. Elle se voyait allongée dans les bras de Nick, lourde de plaisir comblé, avec encore dans sa bouche le goût de ses baisers. Jamais elle n'avait entrevu ce bonheur-là avec son fiancé.

Dany secoua la tête pour chasser ces images obsédantes.

— Je n'en doute pas, rétorqua-t-elle d'une voix tranchante comme un rasoir. Vous avez certainement plus d'entraînement que Marcus et que moi. Mais voyez-vous, aussi inexpérimentée que je sois, ce qui vous permet de me mépriser encore un peu plus, je sais pourtant quelque chose que vous ne comprendrez jamais.

— Vraiment?

— Que le sexe, le désir sont en soi des choses bien vaines. Je crois davantage à l'affection, à la tendresse... à l'amour.

Comme Nick la dévisageait toujours, elle continua avec véhémence :

— Oui, je sais, pour vous, ces mots n'ont pas de sens, n'est-ce pas?

Il n'y avait plus rien d'humain dans l'expression froide, minérale, des yeux de Nick.

— Quelle répugnante petite hypocrite vous faites, mademoiselle Trent!

— Ce n'est pas vrai! Je...

— Que savez-vous de la tendresse, de l'amour?

— Eh bien, tout d'abord, j'aime Marcus et...

— Rectification. Vous croyez l'aimer.

— Je sais que je l'aime, riposta Dany, criant presque pour mieux le convaincre. Profondément.

— Vous ne l'aimez pas. Et je vais vous dire pourquoi. Il manque quelque chose de fondamental dans tout ce que vous avez dit à son sujet.

— Quoi?

— Le désir. Vous m'avez dit ce qui n'allait pas chez moi. D'accord. Maintenant, c'est mon tour. Et vous allez m'écouter. Si vous aimiez réellement cet homme, le désir que vous éprouveriez ferait à ce point partie de ce sentiment que l'en retrancher serait comme couper un morceau de votre chair.

— Je vous dis que je l'aime ! cria Dany.

Nick planta les doigts dans la chair fragile de ses épaules.

— Non. Vos sens sont endormis. Vous êtes encore... vierge. Et c'est peut-être ce que je voulais vous apprendre ce soir.

— Vous vouliez me séduire ?

— Non. Les jeune filles effarouchées ne m'intéressent pas. Je voulais éveiller en vous cette sensualité puissante à côté de laquelle vous risquez de passer, si un homme n'y veille pas.

— Mais quand nous serons mariés, Marcus et moi...

— Quand vous serez mariés, ma chère Dany, vous serez enfermée à jamais dans une cage stérile, comme un insecte. Mais rassurez-vous. Vous n'en aurez même pas conscience parce que vous serez devenue aussi stérile et renfermée vous-même.

Relâchant son étreinte, Nick prit la bougie et planta son regard dans les yeux vacillants de Dany.

— Rappelez-vous seulement ceci, mon petit. Ce sont souvent ceux qui jouent avec le feu qui se brûlent. Bonne nuit.

Dany grimpa les marches de l'escalier quatre à quatre, la lumière de la bougie dessinant des ombres fantastiques sur les murs. Elle referma la porte de sa chambre et s'effondra sur son lit, le corps secoué de sanglots douloureux. Puis, trouvant la force de se déshabiller, elle se coucha enfin à la lueur mourante de la bougie et rabattit sur elle sa couverture comme elle le faisait quand elle était petite et que la nuit lui faisait peur.

# 8.

C'était comme si leur séjour à l'*hacienda* n'avait jamais existé. Nick marchait de nouveau devant elle, ralentissant seulement de temps à autre pour rajuster sa charge sur ses épaules, sans même se donner la peine de jeter un regard en arrière.

Ils étaient au cœur de l'après-midi. Dany ne portait plus sa couverture mais elle se sentait chargée d'un poids invisible qui pesait encore plus lourd sur son dos que tout ce qu'elle avait pu porter jusqu'à présent. La honte et le dégoût d'elle-même l'accablaient. Comment avait-elle pu se comporter ainsi?

Elle s'arrêta un instant pour essuyer la sueur qui ruisselait sur son front et considéra le dos de son compagnon qui continuait à avancer sans remords. Puis elle reprit sa route. Etait-ce le vin qui lui avait fait perdre la tête au point d'agir ainsi, de manière si peu conforme à ce qu'elle était? A moins que ce ne soit l'étrange atmosphère sensuelle de la nuit tropicale qui ait agi sur ses nerfs fragiles?

« Oh! arrête de te chercher des excuses minables! Tu avais envie de cet homme, inutile de le nier. » Et quoi de plus normal quand il s'agissait d'un homme aussi désirable que Nick Devlin?

Il avait raison, bien sûr. Il y avait bien une part

d'elle-même qui savait parfaitement ce qu'elle voulait en mettant cette robe. Tel le papillon de nuit, elle avait été attirée par la flamme. Et un homme comme Nick n'avait aucun effort à faire pour que les femmes lui tombent dans les bras. Il les attirait pour leur perte à l'instar de la bougie qui attirait les insectes de la nuit.

Mais c'était la dernière nuit. Dieu merci, il ne leur restait plus que quelques heures à marcher pour atteindre la frontière. Après, la jeune femme veillerait à ce que jamais, plus jamais, elle ne puisse subir une telle humiliation devant un homme. Nick lui aurait au moins donné cette leçon-là.

Devant eux, la pente devenait de plus en plus abrupte. Ils avançaient maintenant dans un étroit goulet bordé de rochers. Ils avaient laissé dans la vallée la rivière qu'ils suivaient depuis le matin et Dany n'entendait plus maintenant que son chant lointain, en écho à sa respiration haletante. Le ciel était d'un gris métallique, excepté une lourde masse de nuages noirâtres qui s'amassaient à l'ouest, derrière la haute cime des arbres. Malgré les quelques coups de semonce de la veille, l'orage n'avait toujours pas éclaté. D'heure en heure, l'atmosphère devenait de plus en plus oppressante. Si seulement la pluie venait enfin !

Et soudain, brutalement, il commença à pleuvoir. Ce fut d'abord un léger coup de vent dans l'air immobile, puis les cieux s'ouvrirent, déversant un lourd rideau de pluie. En quelques dixièmes de seconde, les marcheurs furent trempés jusqu'à l'os.

Comme Dany restait là, stupéfiée par la violence du phénomène, Nick rebroussa chemin en glissant sur les rochers. Ses épais cheveux noirs lui collaient au visage. Saisissant son bras, il lui cria férocement :

— Vous venez, oui ! Ce n'est pas le moment de rester plantée là à admirer le paysage.

Et il se mit à la traîner sur le sentier.
— C'est... c'est encore loin?
Sous cette pluie diluvienne, Dany devait crier pour se faire entendre.
— La frontière? Environ deux heures. Je vous ai promis que je vous sortirai de là, et je vous en sortirai.
Pour la première fois de la journée, il la regarda directement, les yeux brûlant d'une sorte de joie sauvage, et le cœur de Dany se serra. Elle aurait voulu que le temps s'arrête, que ces deux heures ne s'écoulent jamais. Elle ne voulait plus quitter Nick Devlin.
Un désespoir amer l'envahissait lentement et elle avançait quand même, la tête baissée sous les rafales de pluie. C'est alors que la montagne gronda. On aurait dit une rumeur rauque s'enflant depuis l'horizon. Nick se figea et Dany buta contre lui. Levant les yeux, elle vit alors, juste au-dessus d'eux, une énorme masse de roches et de boue qui semblait suspendue sur la ligne du ciel. La lourde charge resta un moment immobile, puis commença à glisser lentement dans la gorge étroite, arrachant sur son passage les arbres dont les cimes géantes s'agitaient un instant au-dessus du flot brunâtre avant de disparaître.
Les deux voyageurs hébétés restèrent figés un instant puis Nick, attrapant sa compagne par la taille, se mit à courir comme un fou en travers de la pente. Un flot de boue, rouge comme de la lave, coulait maintenant dans le sentier sur lequel ils marchaient un instant plus tôt, engloutissant tout sur son passage. Nick propulsa la jeune femme en avant mais la marée rouge les atteignit, montant autour de leurs genoux avec d'horribles bruits de succion.
Si l'un d'eux perdait l'équilibre, ils étaient perdus... Mais lentement, mètre par mètre, Nick parvint à frayer leur chemin jusqu'au sous-bois qui n'était pas encore

atteint par le glissement de terrain. Embrassant un vigoureux tronc d'arbre, il plaqua le corps mince de Dany contre lui. La jeune femme sentait les spasmes violents qui secouaient Nick tandis qu'il luttait pour reprendre son souffle. L'arbre craquait et gémissait comme si ses racines se battaient elles aussi pour résister au cataclysme.

Puis, peu à peu, le calme revint. Dany osa enfin ouvrir les yeux. Devant eux, il n'y avait plus qu'une large blessure rouge qui crevait le flanc de la montagne. La forêt, si vivante, si exubérante, avait été avalée par la boue.

Tout à coup, un nouveau rugissement se fit entendre.

— Attention, ça recommence ! Juste au-dessus de nous ! hurla Nick.

Frénétiquement, il fouilla du regard le rideau gris de la pluie pour trouver un nouveau refuge.

— Là-bas. On dirait l'entrée d'une grotte.

Suivant la direction qu'il indiquait, Dany entrevit en effet un trou béant dans un amas de roches, à quelques mètres.

Le rugissement se rapprochait dangereusement, faisant s'entrechoquer les rochers comme un tremblement de terre. Ils atteignirent l'entrée de la grotte au moment où la coulée de boue gluante encerclait l'arbre qui leur avait servi de refuge. Dany eut juste le temps de le voir se coucher lentement, comme une allumette cassée par la main d'un enfant.

Dans la grotte, Nick la jeta sur le sol et se coucha sur elle.

— Ma chérie, murmurait-il contre son oreille en la serrant convulsivement dans ses bras, ma chérie, n'ayez pas l'air si tragique ! Tout va bien. Nous sommes vivants !

Il la pressa contre lui et, l'espace d'un battement de cœur, ils scrutèrent leurs visages couverts de boue.

Autour d'eux, l'électricité crépitait en étincelles fauves qui poussaient au paroxysme la tension de leurs corps. Pas seulement celle des instants dramatiques qu'ils venaient de traverser, mais aussi celle qu'ils avaient accumulée pendant ces deux derniers jours. Et soudain, ce fut comme une détonation, faisant exploser la bonde qui jugulait leur désir en un assaut de passion sauvage.

Il n'y avait pas de place pour la tendresse. Soumis à l'élan furieux de leur désir, à l'instinct primitif de survie qui leur avait fait traverser toutes les épreuves, ni l'un ni l'autre n'était prêt à manifester de la douceur, pas plus que de la mesure. Leurs mains aveugles se cherchèrent pour s'agripper frénétiquement, puis se quittèrent, cherchant sous les vêtements trempés la chaleur de la chair. Peau contre peau, bouche contre bouche, sous le choc des sensations, Dany gémit doucement. Nick roula sur elle, la clouant au sol de tout son poids, et leurs hanches se scellèrent, dansant au même rythme. Quand Dany cria, il serra ses deux mains très fort dans les siennes et étouffa son cri d'un long baiser.

Un millénaire plus tard, Dany sentit Nick se dégager doucement de l'entrave de ses bras. Il posa les doigts sur sa bouche pour faire taire ses protestations.

— Tu as froid. J'ai vu du bois sec dans un coin. Je vais essayer de faire du feu.

La jeune femme resta étendue, les yeux mi-clos, écoutant la pluie tomber dehors et Nick remuer dans la grotte. Puis, se redressant paresseusement sur un coude, elle le regarda. Il avait posé sa torche électrique sur une aspérité de la paroi rocheuse et commençait à entasser du bois mort. Quand il vit qu'elle l'observait, il sourit d'un air malicieux.

— Je savais bien qu'un jour, mes années de scoutisme serviraient à quelque chose. Je crois que je pourrais faire du feu avec à peu près n'importe quoi.

Une légère fumée commença à s'élever, puis une flamme jaune dansa dans l'air lourd.

— Viens ici, ajouta Nick en tapotant la couverture auprès du feu.

Quand Dany l'eut rejoint, il passa un bras autour de ses épaules et l'attira contre lui.

— Ta chemise est trempée. Retire-la, je vais la faire sécher.

Docilement, Dany obtempéra, et elle se retrouva nue, excepté la chaîne d'or dont le médaillon dansait entre ses seins. Elle n'épouvait aucune gêne. Dans leur ultime affrontement, ils avaient éliminé tous les barrages qui les séparaient, créant une complicité absolue, intemporelle.

Il retira sa propre chemise et ils restèrent un long moment allongés côte à côte.

— As-tu faim ? demanda Nick enfin.

— Non. Oh, Nick ! Tu as vu ?

Dany regardait autour d'elle, émerveillée. Les bûches brûlaient maintenant à feu vif et les hautes flammes se reflétaient sur les parois de la grotte comme si elles aussi étaient en feu.

Nick se leva et s'approcha de la paroi la plus proche. Il gratta de son ongle la pierre flamboyante puis se retourna vers Dany, les yeux brillants.

— Viens voir.

Il fit tomber dans la paume ouverte de la jeune femme une petite particule qui ressemblait étrangement à du métal jaune.

— C'est de l'or ?

— Non, je le crains. C'est un minerai qui répond au doux nom de pyrite. On l'appelle aussi l'or des fous, parce que beaucoup s'y sont laissé prendre.

Il tendit soudain la main et fit glisser les cheveux de Dany entre ses doigts.

— Tu sais... dans cette lumière tes cheveux paraissent aussi vouloir s'embraser. On dirait qu'ils sont vivants comme la flamme.

Il laissa retomber les cheveux de la jeune femme et lui prit le menton entre deux doigts. Pour la première fois, il n'y avait pas trace de cynisme dans sa voix et une douceur nouvelle brillait dans son regard.

— Et tes yeux... Eux aussi, ils changent de couleur. Je les ai observés... Tantôt ils sont couleur de topaze, puis ils prennent la couleur de l'or sombre, quand ton humeur change ou lorsque je t'embrasse.

Baissant la tête, il prit entre ses dents la lèvre inférieure de Dany, gonflée par les baisers, et la mordilla doucement. Puis il plongea sa langue dans les profondeurs de la bouche offerte.

Instinctivement, Dany planta ses ongles dans la chair musclée des épaules de Nick qui la transporta sur la couverture avec un petit cri de victoire.

Dans la lueur mordorée du foyer, leurs corps semblaient taillés dans le bronze. Les caresses de Nick éveillaient de longues ondes de plaisir qui pénétraient les moindres particules du corps de sa compagne.

— Tu es si douce, murmura-t-il d'une voix de gorge, que j'ai envie de m'enfouir à jamais dans cet océan de douceur. Sans le savoir, ma déesse dorée, tu es née pour les plaisirs de l'amour.

Les joues en feu, Dany attira son amant sur sa poitrine gonflée.

— Alors, apprends-moi, Nick. Apprends-moi, je t'en supplie!

⁂

Quand elle se réveilla, l'aube dessinait une large zone de lumière dans la grotte. S'étirant paresseusement, elle roula sur elle-même et se mit sur son séant. Mais la place à côté d'elle était vide.

A l'endroit où, la veille, brûlait le feu, il ne restait plus qu'un petit tas de cendres froides que Nick éparpillait soigneusement du bout de sa chaussure.

— Bonjour!

— Bonjour.

Mais quand Dany lui sourit, il ne sembla pas voir son sourire et se contenta d'ajouter d'une voix brève :

— Si vous voulez quelque chose à manger, je peux vous ouvrir une boîte.

Dany le regarda un instant, médusée, puis répondit d'un ton qu'elle eut du mal à reconnaître :

— Non. Non, merci, je n'ai pas faim.

— Parfait. Alors, habillez-vous en vitesse et filons avant qu'il ne soit trop tard.

Il écrasa la dernière braise d'un coup de talon rageur puis sortit sur le seuil de la grotte.

Dany fixa son dos jusqu'à ce que l'image se brouille derrière un rideau de larmes. Un violent frisson la secoua tout entière. Alors, elle se redressa lourdement et commença à s'habiller. Ses vêtements étaient encore raidis par la boue mais elle n'y prêta guère attention. Elle enfila ses tennis humides sans y penser.

Elle fit une tentative pour essayer de comprendre ce qui se passait. Au moment où Nick passait à sa portée, elle posa la main sur son avant-bras.

— Nick!

Il baissa les yeux sur la petite main blanche crispée sur sa peau bronzée, comme s'il s'agissait d'un insecte bizarre, puis, se libérant d'une bourrade, se dirigea vers les bagages.

— Inutile de tout emporter avec nous, maintenant

que nous sommes presque arrivés à la frontière. Nous y serions déjà, s'il n'y avait pas eu cet orage.

Dany aurait voulu ramper dans un trou sous terre pour y mourir.

— Oui, bien sûr. Par contre, je prendrai la... la couverture.

Il fronça les sourcils, l'air réprobateur, mais déjà Dany était à genoux, en train de ficeler solidement le tissu aux couleurs vives.

— Donnez-la-moi, je la porterai.

— Non.

D'un geste possessif, Dany serra la couverture contre sa poitrine. Bientôt, ce serait le seul souvenir de son aventure, et de leur dernière nuit.

— Comme vous voudrez.

Le soleil venait juste de franchir la crête de la montagne mais la nuit remplissait encore la vallée d'ombres. A quelques centaines de mètres, on voyait la large cicatrice rouge que le glissement de terrain avait creusée dans la terre. Mais très vite la forêt la recouvrirait de son manteau d'émeraude.

Nick marchait à vive allure devant elle, les mains dans les poches de son jean et son large dos impassible semblait avoir déjà renvoyé la jeune femme dans les limbes de l'oubli.

« Je suis un solitaire. » Il l'avait prévenue, c'est vrai. Et elle ne pouvait blâmer qu'elle-même d'avoir cru sans oser se l'avouer qu'elle pourrait être l'exception. Un homme comme Nick ne faisait pas d'exception à sa règle.

Pourtant, la nuit dernière, il avait paru si tendre, si... aimant.

C'était certainement sa technique, dûment éprouvée, pour passer une nuit agréable. Il le lui avait dit aussi : « Je fais tout pour plaire aux femmes que je choisis, et je les laisse satisfaites. » C'était le mot « laisser » qui était le plus important de la phrase. Elle venait seulement de le comprendre.

Le cœur de Dany était plein d'autres phrases encore, toutes aussi douloureuses : « Je n'ai jamais rencontré une femme pour qui je sois prêt à sacrifier ma liberté. »

Loin devant elle, Nick atteignit un rocher en surplomb et se retourna pour la regarder. Sentant son impatience, Dany pressa le pas malgré le sentiment de désespoir qui lui glaçait les veines.

Ils marchèrent une longue heure sans mot dire, Nick accélérant souvent son allure comme s'il était de plus en plus pressé de se débarrasser de sa compagne. Pourtant, il dut encore l'attendre.

— Ça va ?

Dany aurait voulu tomber à ses genoux et marteler le sol à coups de poing rageurs. « Non, ça ne va pas, et tu le sais très bien, Nick. »

Mais elle s'entendit répondre, les lèvres sèches :

— Oui, ça va.

Et, les épaules bien droites, elle passa devant lui.

Il aurait pu la rattraper facilement, mais il la laissa marcher ainsi en tête pour la première fois du voyage. Seulement consciente de sa difficulté grandissante à respirer, Dany avançait maintenant la tête basse, les épaules voûtées.

Soudain, elle s'arrêta.

Juste devant elle, sur un tas de feuilles mortes, quelque chose avançait en bruissant. Les yeux exorbités, Dany reconnut un serpent au mince corps strié de bandes orange, dorées et noires.

Elle restait là, incapable de bouger, quand la voix de Nick chuchota derrière son dos :

— Ne bougez pas.

Et au moment où le serpent dressait la tête vers elle, prêt à bondir comme un ressort, une violente bourrade l'envoya rouler dans l'herbe. Il y eut un sifflement strident, qui glaça la jeune femme jusqu'au sang, puis plus rien.

S'asseyant dans l'herbe, Dany regarda autour d'elle.

— Merci...

Mais sa voix s'éteignit dans un petit cri horrifié. Nick, livide, était appuyé contre un arbre. Dany bondit sur ses pieds.

— Nick ! Que se passe-t-il ?

Comme Nick secouait la tête, incapable de parler, elle se mit à hurler.

— Il vous a mordu ? Oh, Nick ! Non, ne dites pas qu'il vous a mordu !

Mais il ne répondait toujours pas, et Dany s'accrocha frénétiquement à son bras.

— Qu'est-ce que c'était ?

— Un serpent corail.

— Ce... ce n'est pas dangereux, n'est-ce pas ?

La terreur étreignait si fort sa gorge que sa voix était presque inaudible.

— Pas trop. Et il était encore jeune, articula Nick entre ses lèvres blanches. Mais il faudrait peut-être quand même regarder...

Sortant son couteau d'une main tremblante, il se mit à entailler son jean.

— Oh, Nick ! Si seulement je n'avais pas décidé de marcher la première ! Quelle idiote je fais...

Nick lui adressa l'ombre d'un sourire.

— Rien de nouveau. Allez-y. Continuez.

Déchirant largement le tissu, Dany aperçut dans la peau bronzée deux minuscules trous, grands comme des têtes d'épingle. Tout autour, la chair enflée avait pris une couleur verdâtre.

Alors, faisant appel à toutes ses ressources de sang-froid, elle choisit une longue et mince liane parmi celles qui pendaient des arbres environnants puis s'agenouilla auprès de Nick qui avait fermé les yeux.

— Tenez ça.

Comme il ne répondait pas, elle lui secoua furieusement le bras et, passant la liane autour de sa cuisse, la serra lentement juste au-dessus de la terrible blessure.

— Une vraie petite infirmière!

Il essayait de plaisanter mais sa voix n'était plus qu'un murmure.

— Au cas où vous l'ignoreriez, pendant que vous jouiez au Robin des bois dans vos culottes de scout, je prenais des cours de secourisme... Puis-je serrer encore?

— Mmmm...

Maintenant, la liane entamait la chair livide. Nick ouvrit les yeux.

— Il faut me laisser. Allez chercher de l'aide.

— Vous laisser? Jamais de la vie.

Ils se regardèrent une longue seconde, tandis que les mots jamais prononcés vibraient entre eux, inarticulés, puis Dany se redressa.

— Vous avez dit un jour que vous me porteriez jusqu'à la frontière si c'était nécessaire. Eh bien, moi aussi, je peux le faire.

Elle aida son compagnon à se remettre sur pied et l'appuya contre son épaule.

— Allons-y.

Sans plus un mot, ils se mirent à avancer. Lentement, douloureusement, mais ils avançaient. De temps à autre, Dany lançait un coup d'œil à Nick. Il avait le teint couleur de cendre et des gouttes de sueur coulaient sur son front. Malgré elle, Dany pensait au poison qui, goutte à goutte, remontait dans ses veines. Quand il aurait atteint le cœur, elle aurait perdu l'homme qu'elle aimait.

Ravalant la terreur qui menaçait d'anéantir ses dernières forces, Dany poursuivit son chemin.

Le temps ni l'espace n'avaient plus de sens. Tout ce qui comptait, c'étaient les pas de l'homme qui, péniblement, avançait près d'elle.

Et puis ce fut la chute. Nick tomba brutalement dans une ornière, les yeux clos. Dany se jeta sur lui en hurlant :

— Nick! Nick! Ne meurs pas! Ne me laisse pas! Nick! Je t'aime.

Elle savait maintenant que c'était désespérément vrai. Que jamais elle ne pourrait aimer un homme comme elle aimait celui-là.

Alors, elle se redressa encore une fois et, tirant Nick sous les aisselles, elle le traîna sur la pente qui descendait doucement vers une vallée inconnue. « Compte jusqu'à cent, ma petite, et tu seras là-bas. Jusqu'à deux cents... trois cents... »

Tout à coup, un bourdonnement se fit entendre dans le lointain. Un nuage de poussière s'élevait à l'horizon. C'était une jeep qui avançait vers eux en bringuebalant. Et Dany s'aperçut soudain qu'elle marchait depuis un certain temps sur une piste de terre rougeâtre.

Laissant sur le bas-côté le corps inerte de son amant, elle se précipita au-devant du véhicule. Freinant brutalement, le chauffeur pencha la tête par la portière.

— *Señor*...

Mais, sous le coup de l'émotion, le peu d'espagnol que Dany connaissait s'était évanoui. Elle se contenta de montrer le corps de Nick.

Le chauffeur et son passager, tous les deux vêtus d'uniformes kaki, se précipitèrent aussitôt pour redresser Nick. Ils se regardèrent et l'un d'eux prononça un seul mot : *Serpiente*. Puis il reposa la tête de Nick qui roula sur le côté. Les deux hommes le portèrent à l'arrière de la voiture.

Elle entendit encore le chauffeur qui lui parlait, la tirant par le bras. Puis elle s'évanouit.

— Dany!

De loin, de très loin, quelqu'un prononçait son nom. Elle bougea, ouvrit les yeux et vit une haute silhouette penchée sur elle dans la pénombre.

— Grand-père! C'est... c'est toi?

— Bonjour, mon petit. Comment te sens-tu?

— Très bien.

Dany s'étira puis bâilla longuement.

— Assez bien pour recevoir une bonne fessée?

Sous ses sourcils broussailleux, Tom Trent dévisageait sévèrement sa petite-fille. Dany s'empourpra.

— Je suis désolée de t'avoir causé du souci, grand-père.

La jeune femme se redressa contre ses oreillers, regardant autour d'elle. Elle était installée dans un lit aux barreaux métalliques, et les murs de la chambre étaient d'un blanc immaculé.

— Où suis-je?

— A l'hôpital du coin. L'ambassade m'a fait prévenir il y a deux jours.

— Deux jours?

Un frisson parcourut le visage de Dany qui devint soudain livide.

— Et Nick! Comment va-t-il? Tu l'as vu?

Tom Trent resta un instant silencieux.

— Il va bien.

Dieu merci! Nick était vivant.

— Qu'est-ce que... qu'est-ce qu'il t'a dit?

— Pas grand-chose. Te rends-tu compte que tu lui as sauvé la vie?

Dany haussa les épaules.

— Il a sauvé la mienne. A plusieurs reprises... Peu importe, maintenant. L'essentiel est qu'il soit sauvé. Quand pourrai-je le voir?

— Dany, mon petit...

— Non! Tu as dit qu'il allait bien! hurla soudain la jeune femme en rejetant ses couvertures. Et je veux le voir. Tout de suite.

— Non, Elly. Tu es encore trop faible.

Dany dévisagea le vieil homme, les yeux exorbités. Elly... C'était le surnom qu'il lui avait donné alors qu'elle n'avait pas plus de quatre ans. Et tout à coup, elle comprit. Nick était mort. Voilà la terrible vérité qu'on essayait de lui cacher.

— Grand-père! Laisse-moi!

Bondissant sur ses pieds, elle se dirigea vers la porte-fenêtre qui donnait sur une véranda. D'autres portes, autour du patio, devaient ouvrir sur les chambres. C'est alors qu'elle se souvint... Pendant ces jours d'inconscience, elle avait fait ce cauchemar : Nick était étendu sur un lit blanc, exactement comme le sien, dans la chambre voisine. Ses bras étaient percés d'horribles tuyaux et il gisait sur son lit, très pâle, inanimé. Ouvrant brutalement la porte, Dany vit deux femmes en blouse blanche qui rangeaient la chambre. Une infirmière débranchait l'appareil installé près du lit. Dany émit une sorte de petit cri rauque.

— *Señorita Trent!* s'exclama l'infirmière en se précipitant au-devant d'elle.

— Nick! Nick Devlin! Où est-il? Est-ce qu'il est...

Elle s'interrompit, incapable de prononcer le mot fatal.

Le visage de l'infirmière s'éclaira d'un bon sourire.

— Mais, mon petit, le *señor* Devlin est parti ce matin très tôt. Le Dr Mendoza a essayé de lui faire entendre raison, mais il a insisté pour s'en aller. Il voulait regagner au plus vite les Etats-Unis. Si vous voulez savoir où il allait exactement, je peux demander à l'accueil...

— Non, non, merci !

Les yeux pleins de larmes, Dany adressa un sourire lumineux à l'infirmière et regagna sa chambre.

Oui, Nick était vivant ! Bien vivant.

Son grand-père, visiblement perplexe, l'attendait debout dans la petite chambre. Quand il la vit, il s'éclaircit la gorge.

— Dany, je... j'avais demandé à Nick de veiller sur toi. J'espère qu'il n'a... qu'il ne t'a fait aucun mal, n'est-ce pas ?

Dany se raidit. Puis, devant l'air si préoccupé du vieil homme, elle alla trouver refuge dans ses bras.

— Oh non, grand-père, Nick ne m'a rien fait de mal. Au contraire.

# 9.

— Etes-vous sûre que ça va tout à fait bien, Dany?
— Mais oui, très bien, Caroline. Merci.
Caroline pinça les lèvres.
— Vous êtes très pâle et vous paraissez épuisée. Vous auriez dû prolonger encore votre congé. Qu'a dit le médecin?
Dany se fit évasive.
— Oh, vous savez, le bla-bla habituel : je ne me suis peut-être pas remise du mauvais rhume que j'ai attrapé le mois dernier, à moins que ce soit un virus précoce de la grippe. Je devrais partir une semaine au bord de la mer. Et cetera, et cetera... Rien de grave en tout cas.
— Ah bon.
Mais sa patronne était toujours dubitative et, pour faire diversion, Dany déclara d'un ton vif :
— Il faut que je finisse de polir ces magnifiques couverts de l'époque géorgienne que nous avons reçus l'autre jour!
— Inutile. Je les ai faits hier.
Dany jeta un bref coup d'œil autour d'elle et désigna le présentoir où s'étalaient quelques bijoux anciens.
— Dans ce cas... je vais mettre un peu d'ordre dans tout ceci.
Mais c'était surtout une bague qui attirait son atten-

tion. C'était la pièce la plus coûteuse de la boutique, une énorme topaze sertie dans un anneau d'or.

« Avec des yeux comme les vôtres, il vous faudrait une topaze, la plus grosse qu'on puisse trouver... »

Serait-elle hantée chaque jour, chaque heure, chaque seconde, par tout ce qu'avait pu lui dire Nick ?

— Non, déclara fermement Caroline Mac Hinter. Vous allez prendre votre après-midi pour vous reposer. Rentrez chez vous et mettez-vous au lit. Pas de discussion !

— Si vous croyez...

Dany, qui sentait l'étau de la migraine se resserrer autour de son crâne, accepta avec gratitude.

— Si vous êtes sûre que cela ne vous dérange pas.

— Pourquoi n'iriez-vous pas plutôt visiter cette étrange exposition qui ferme ses portes demain soir ? Vous qui aviez tellement envie de la voir !

Dehors, l'après-midi d'octobre était froid. Dany boutonna jusqu'au cou sa veste de jersey bleu marine et enfila ses gants de cuir. L'ombre noire du souvenir, qui la hantait depuis des semaines chaque fois qu'elle était seule, prit une nouvelle fois possession de son cœur, l'étreignant d'une douleur si puissante qu'elle en trébucha.

Et aujourd'hui, c'était encore pire... Cette visite chez le médecin lui avait confirmé ce dont elle se doutait depuis longtemps déjà. Elle allait devoir prévenir grand-père, et Caroline.

Dany parvint à un carrefour où il lui fallait faire un choix décisif : d'un côté, c'était le bus qui la ramènerait chez elle, de l'autre, la station de métro qui conduisait au musée. Elle n'avait pas envie d'aller à l'exposition. Grand-père avait essayé de l'entraîner au vernissage, mais elle avait refusé énergiquement. Elle n'avait cependant pas envie de passer une fois de plus un long après-midi, puis une longue soirée, en tête à tête avec ses fantômes. Et peut-être qu'en confrontant une fois pour toutes les témoignages de son aventure en Amérique du Sud, elle exorciserait à jamais les causes de sa douleur?

L'exposition était située dans une aile du rez-de-chaussée. Le panneau en lettres noires annonçait : « Les trésors menacés de la Forêt amazonienne », suivi des initiales de l'organisation des Nations-Unies qui avait financé l'opération. Dany chercha de la monnaie pour acheter un catalogue puis entra dans la première salle.

Aussitôt, elle fut envahie par une étrange musique. C'était un air primitif des Indiens des Andes, à la flûte de Pan, une mélodie d'une envoûtante mélancolie qui lui fit monter des larmes aux yeux. La dernière fois qu'elle avait entendu cette musique, c'était lors de la soirée folklorique de l'hôtel, deux jours avant son expédition dans la forêt. Deux jours avant qu'elle ne gâche sa vie pour toujours.

Sur les murs, comme un prélude à l'exposition, s'étalaient de grandes photographies. Dany leur jeta un regard distrait et s'arrêta net, le cœur battant. Elle venait de reconnaître le temple qu'elle avait découvert par hasard lors de sa fugue dans la forêt, autour de l'hôtel. Il y avait plusieurs clichés, tous montrant avec un sens du drame parfaitement maîtrisé les dommages causés à ce trésor de l'humanité.

Etait-ce Nick qui les avait fournies? Sans doute. Dany aperçut tout à coup sur le mur opposé une photo de son amant : à genoux au pied d'un bosquet de bambous, avec en arrière-plan l'avion écrasé, il tendait vers l'objectif l'une des poteries peintes qu'ils avaient découvertes ensemble. Dany le scruta longuement, comme pour conjurer une fois pour toutes le pouvoir que ce visage avait sur ses émotions. Il souriait légèrement, mais son regard était impénétrable.

Elle resta là un long moment puis se dirigea vers la salle principale. La mise en scène était parfaite. Grâce à l'éclairage judicieusement disposé, on aurait dit que les objets flottaient sur un fond de ténèbres, dans leurs coffres de verre. Il y avait là des douzaines de poteries, dont elle reconnut la plupart pour avoir aidé Nick à les sortir des entrailles de l'avion. Dans la salle du fond étaient exposés les objets particulièrement précieux.

Il y avait les papillons d'or, rançon que les conquistadores avaient exigée pour libérer un roi, et maintenant piqués sur un fond de velours noir. Et, juste à côté, la déesse de la fertilité étalait ses flans gonflés, un bras serré autour d'un enfant, l'autre tenant un épi de maïs. A peine consciente de ce qu'elle faisait, Dany porta les mains à ses flancs qu'elle caressa doucement.

Alors, comme un éclair, une joie brutale l'envahit : peu importait son histoire d'amour manquée. Il y avait cet enfant merveilleux qu'elle et Nick avaient fait ensemble. Elle ne reverrait probablement jamais l'homme qu'elle avait tant aimé, mais son amour revivrait maintenant pour l'éternité, comme une petite flamme grandissant dans le futur.

Excepté le gardien de la salle, perché comme un héron sur un haut tabouret, elle était toute seule. Lorsqu'elle entendit la porte battante s'ouvrir, elle se précipita vers la dernière vitrine. Elle ne contenait qu'un objet. Sur un lit de velours noir reposait la chaîne d'or. Le masque de jaguar brillait de tous ses feux, la bouche au rictus menaçant s'ouvrant sur le noir du tissu, les yeux de jade la regardant fixement.

Dany leva les yeux et, interdite, vit de l'autre côté de la vitrine un autre regard de jade qui la dévisageait.

— Nick ?

Une vague de panique la submergea. Elle devait rêver ! Ce n'était pas possible. Vacillant sur ses jambes, la jeune femme porta ses mains à ses tempes bourdonnantes. Nick fit le tour de la vitrine et se précipita vers elle.

— Désolé de vous avoir fait peur !

Comme c'était bon de sentir le bras solide de son compagnon autour de ses épaules !

— Ce n'est rien, protesta-t-elle en s'écartant aussitôt. La surprise, sans doute. Quelle coïncidence de se retrouver ici tous les deux !

— Ce n'est pas une coïncidence : je viens du magasin d'antiquités où vous travaillez. La propriétaire m'a dit que je pourrais vous trouver ici. Elle m'a dit aussi que vous n'étiez pas en grande forme.

Sous le regard scrutateur, Dany se troubla.

— Non, non, je vais très bien.

Mais comme il la dévisageait avec de plus en plus d'insistance, elle explosa soudain :

— Pourquoi êtes-vous venu, Nick? Que voulez-vous ?

— Je... je ne vous ai jamais remerciée de m'avoir sauvé la vie.

Dany, les mains enfoncées dans ses poches, eut un haussement d'épaules désinvolte.

— Vous avez sauvé la mienne à plusieurs reprises.

— Oui... Et... comment va Marcus?

— Marcus?

Dany essaya de lire dans les yeux de son interlocuteur. Mais c'était difficile. Son visage était si proche qu'elle n'aurait eu qu'à lever la main pour le caresser.

— Quand j'ai téléphoné à Tom pour prendre de vos nouvelles, je lui ai demandé si vous étiez mariés. Il m'a dit... que si je voulais le savoir, je n'avais qu'à vous le demander moi-même.

Sans prévenir, Nick prit Dany par le bras et extirpa sa main gauche de sa poche. Il en retira lentement le gant.

Aucun anneau ne brillait à l'annulaire. Dany, qui le connaissait si bien, le sentit se détendre une fraction de seconde.

— Oui, c'est vrai. J'ai rendu à Marcus sa bague de fiançailles.

— A cause de...?

— Oui, reprit Dany d'une voix plate. A cause de nous. Mais je crois que finalement, il était plutôt soulagé.

Nick ne put retenir un petit rire.

— Il avait eu le temps de réaliser dans quelle galère il s'embarquait!

— Sans doute.

Les yeux clos, le gardien, toujours perché sur son tabouret, paraissait dormir.

— Venez!

Nick entraîna la jeune femme sur une banquette de velours rouge protégée par l'encoignure de la fenêtre aux rideaux tirés.

— Mais je n'ai pas le temps! Il faut que je rentre chez moi.

— Ne me dites pas que j'ai fait des milliers de kilomètes pour que vous ne m'accordiez que ces cinq malheureuses petites minutes?

La pâleur de Dany s'accentua.

— Vous... vous avez fait tout ce chemin pour me voir?

— Oui.

— Mais alors... Pourquoi êtes-vous parti de l'hôpital sans me dire au revoir?

— Je l'ai fait, pendant que vous étiez encore inconsciente. Et puis...

— Et puis?

— Et puis je me suis enfui. Aussi vite et aussi loin que je le pouvais.

Dany eut un petit sourire triste.
— Je vois.
— Non, vous ne voyez pas. Vous ne voyez rien du tout. Et, pendant de longues semaines, moi non plus. Mais petit à petit, j'ai compris que j'avais voulu laisser la place à ce bon Marcus. Pour ne pas vous ennuyer avec un aventurier sans frontières, dont la seule satisfaction affective était d'entendre les femmes lui vanter ses talents d'amant...
Il s'interrompit soudain et regarda Dany dans les yeux.
— Dany... Est-ce que vous m'aimez toujours?
Il parlait si bas qu'elle crut deviner les mots sur ses lèvres.
— Mais oui, naturellement. Inutile de le nier, n'est-ce pas?
Il passa son pouce sur la jolie bouche tremblante.
— C'est inutile, en effet. C'est de mes sentiments que je n'étais pas très sûr.
Le cœur de Dany se mit à battre la chamade. Qu'essayait-il de lui faire comprendre?
— J'étais convaincu qu'en vous humiliant, en vous traitant de garçon manqué et autres balivernes, je parviendrais à tuer dans l'œuf ce que je commençais à éprouver pour vous.
Maintenant, Dany observait le jeu d'un rayon de soleil qui, arrivant à s'immiscer entre les plis des rideaux, glissait doucement sur les figurines d'or, les parant de mille éclats.
— Mais alors... pourquoi êtes-vous revenu?
— Il y a deux jours, je suis rentré chez moi ivre mort. Ivre comme jamais je ne l'avais été. Et je me suis réveillé le matin avec une idée fixe : il fallait que cette vie-là s'arrête. Il fallait que je sache si vous étiez mariée.
Il plongea la main dans la poche de son élégant pardessus et en sortit une petite boîte.

— J'ai trouvé ceci dans le magasin où vous travaillez et j'ai décidé de tenter ma chance.

Dany ouvrit l'écrin et reconnut sur le lit de satin blanc la merveilleuse bague de topaze.

— Mon Dieu, Nick! Mais c'est de la folie!

Saisissant délicatement le menton de la jeune femme entre son pouce et son index, Nick tourna le petit visage vers lui.

— C'est bien ce que je disais. Exactement ce qu'il fallait avec des yeux pareils.

Puis il referma la paume de Dany sur la bague et l'étreignit avec force.

— Dany, voulez-vous m'épouser? Dites-moi oui, avant que je ne perde complètement la tête.

— Mais... vous me connaissez à peine!

— Après tout ce que nous avons vécu ensemble? Croyez-moi, mon amour, peu d'hommes et de femmes ont l'occasion de se connaître et de s'éprouver aussi bien.

La jeune femme lui décocha un sourire éclatant.

— Alors, j'accepte. Oui, Nick, je veux bien vous épouser.

Mais soudain, son sourire s'éteignit.

Alarmé, Nick lui prit les deux mains.

— Qu'y a-t-il, Dany? Pour l'amour du ciel, parlez!

— Nick, j'ai oublié de vous dire quelque chose.

— Mais peu importe!

— Non. Vous allez peut-être changer d'avis.

— Mais enfin, parlez! Vous allez me rendre fou!

Alors, incapable de formuler les mots, Dany prit la main de Nick et la posa sur son ventre.

Comme il la regardait, interdit, n'osant pas comprendre, elle dit calmement :

— J'attends un enfant, Nick.

— Un enfant? Mon enfant! Cette nuit, dans la grotte...?

— Oui.

— Mais pourquoi ne me l'avez-vous pas dit? Oh, mon amour, taisez-vous. Je sais. Vous aviez peur que je parte encore plus loin, c'est ça?

Tombant à genoux, Nick enfouit sa tête bouclée dans le giron de la jeune femme.

— Dany, mon petit, mon amour! Quelle merveilleuse nouvelle!

— Vous ne partirez plus, Nick? Plus jamais? Je ne crois pas que je pourrais le supporter.

— Partir, maintenant que je vous ai retrouvée? Quelle absurdité! Nous avons toute la vie devant nous, petite fille. Toute la vie.

Dany caressait lentement les boucles brunes, un sourire heureux sur ses lèvres pleines.

— Oui, toute la vie, mon amour.

# COLLECTION HARLEQUIN

## Parution du 15 octobre

## COLLECTION HORIZON

**SECRETE CALYPSO,** *de Jessica Hart*
En arrivant sur la petite île de Pikos, Caline découvre que la villa qu'on lui a prêtée pour l'été est déjà occupée... par un inconnu aussi mystérieux que séduisant.

**LES MARIÉS DU COLORADO,** *de Shannon Waverly*
Quand Mark avait accepté d'héberger Kim, la belle-fille de sa soeur, il s'attendait à accueillir une gamine... pas une jeune fille de vingt-deux ans!

**CAROLINE OU LA DOLCE VITA,** *de Sandra Marton*
Dans son métier de mannequin, Caroline a l'habitude d'être courtisée par les hommes et elle est passée maîtresse dans l'art de les éconduire. Mais Nicolo Sabatini, prince de Cordia, n'est pas un homme comme les autres...

**UNE ÉPOUSE MODÈLE,** *de Jasmine Cresswell*
Quand Alec décide de se marier, il charge Caitlin, sa meilleure amie, de lui trouver l'épouse idéale...

**AVENTURIER ET GENTLEMAN,** *de Rebecca King*
Perdue dans la forêt amazonienne en compagnie de Nick Devlin, le plus sexy des hommes... Dany sortira-t-elle indemne de l'aventure?

**DEUX COEURS DANS LA TOURMENTE,** *de Diana Whitney*
Steven doit empêcher son vieil oncle Edison de commettre la pire bêtise de sa vie: se marier! Et pour cela, il compte sur l'aide active de Leonore, la petite-fille de la fiancée.

**SÉDUCTRICE MALGRÉ ELLE,** *de Leigh Michaels*
Quand la sage Katherine, la secrétaire modèle, s'abandonne un soir dans les bras de son patron...

**CE QUE FEMME VEUT...,** *de Robyn Donald*
Détruire le témoignage d'Elva Collins, sous prétexte qu'il nuit à la réputation de la très puissante famille Angove? Jamais Antonia ne pourra s'y résoudre. Et ce ne sont pas les menaces de Philip Angove qui la feront changer d'avis!

## SÉRIE BLANCHE

**LE LIEN SECRET,** *de Judith Worthy*
La vie avait séparé Tim et Léa après leur brève idylle d'étudiants. Douze ans allaient passer pour que le hasard les mette de nouveau en présence, et pour que Tim rencontre, tenant la main de Léa, sa propre fille...

**DANS LES JARDINS DE L'HÔPITAL,** *de Lisa Cooper*
Il travaillait torse nu dans les jardins de l'hôpital, blond et superbe comme un héros scandinave. Comment Rosemary, la nouvelle infirmière, aurait-elle pu se douter que cette force de la nature n'était autre que le Dr Kerry Turner?

**IMPRÉVISIBLE DR TREMAINE,** *de Carol Wood*
Comment Gareth peut-il être à la fois un vétérinaire habile et compréhensif, et le fils indigne qui s'apprête à vendre le cabinet de son père par intérêt? C'est ce que se demande Melissa, à la fois révoltée et attirée par ce personnage contradictoire...

**LA PROMENADE AU BORD DU LAC,** *de Clare Lavenham*
Après le plus romantique des baisers au clair de lune, le Dr Simon Meadows fait preuve, soudain, d'un détachement glacial, comme s'il avait oublié la présence de Wendy à son côté. Quel jeu joue-t-il donc?

## COLLECTION ROUGE PASSION

**BALLADE A LA TOMBÉE DU JOUR,** *de Cathie Linz*
L'homme qui vient accueillir Alicia à l'aéroport a de bien rudes manières. Est-ce vraiment là le nouveau régisseur que son père a recruté et n'y a-t-il pas moyen de briser la glace? La jeune femme se fait forte d'essayer...

**NOCES DE BRAISE,** *de Barbara McCauley*
Pour obtenir de gérer elle-même son ranch, Rachel est prête à tout, même à épouser Cord Cantrell, le dresseur de chevaux. Mais, au fil des jours, ce mariage de raison ne risque-t-il pas de prendre une couleur plus romantique?

SuperPassion

**CIAO BELLA!,** *de Lucy Gordon*
Retenue de force par son ex-mari dans un palais milanais, Reva invente une vengeance à la mesure de l'humiliation subie.

L'homme du mois

**QUI SE SOUVIENT DE JAKE HATCHER?,** *de Dixie Browning*
Sept ans plus tôt, un drame a fait basculer la vie de Jake Hatcher dans le chaos. Et puis, avec courage et patience, il a réussi à reprendre le dessus... Du moins, le croyait-il. Car il lui suffit un jour de croiser Libby Porter, sirène surgie des abîmes du passé, pour comprendre que tout, encore, reste à faire...

**LE PARI DE KATHERINE FAIRCHILD,** *de Shawna Delacorte*
En clamant que "Jamais" il ne répondra à l'extravagante invitation de Katherine Fairchild, que "Jamais" il n'acceptera de céder aux sollicitations de cette fille aussi riche que gâtée, Scott Blake s'est peut-être beaucoup avancé.

**DE VOUS À MOI,** *de Janet Bieber*
Mais qui est vraiment Kent Berringer? En découvrant progressivement que l'homme qui l'a séduite lui ment, Lynda s'interroge sur les motivations de ce tendre tricheur.

2,19F/mn

## VOTRE PROCHAIN RENDEZ-VOUS AVEC LES BEST-SELLERS HARLEQUIN

***Le 1^er^ novembre, découvrez les deux nouveaux romans de la collection les Best-Sellers Harlequin.***

**OASIS,** *de Patricia Matthews.*
Située aux portes du désert californien, près de la petite ville d'Oasis, la Clinique est un centre de soins pas comme les autres. Acteurs, musiciens, politiciens ou hommes de télévision: du monde entier, ils viennent chercher là luxe et discrétion. Nul, parmi le grand public, les journalistes ou les habitants d'Oasis, ne sait vraiment ce qui s'y passe. Des rumeurs circulent, on fait état de secrets plus ou moins avouables. Mais le jour où elle est admise parmi les prestigieux pensionnaires de la Clinique, l'actrice Lacey Huston s'aperçoit que la réalité est bien plus sombre encore...

**LE SILENCE BRISÉ,** *de LaVyrle Spencer.*
Affreusement complexée par son physique, Thérésa Brubaker a toujours vécu avec le sentiment d'être différente, jusqu'au jour où elle rencontre Brian Scanlon, un ami de son frère; dès lors, son existence bascule. Avec cet homme merveilleux, elle va pouvoir partager sa passion de la musique, mais aussi connaître enfin le bonheur d'être femme, la joie d'aimer et d'être aimée. Alors, pourquoi trahit-elle et commet-elle l'irréparable?

Composé sur le serveur d'AUBIN MULTI MEDIA, à Sèvres
PAR LES ÉDITIONS HARLEQUIN
Achevé d'imprimer en septembre 1993
sur les presses de l'Imprimerie Bussière
à Saint-Amand-Montrond (Cher)
Dépôt légal : octobre 1993
N° d'imprimeur : 2024 — N° d'éditeur : 4799

*Imprimé en France*